周口历史文化典籍丛书

张伯驹词鉴赏

郭志刚　张恩岭◎编著

河南人民出版社
·郑州·

图书在版编目(CIP)数据

张伯驹词鉴赏 / 郭志刚，张恩岭编著. —郑州：河南人民出版社，2022.12

(周口历史文化典籍丛书)

ISBN 978-7-215-13276-4

Ⅰ. ①张… Ⅱ. ①郭… ②张… Ⅲ. ①张伯驹(1898-1982)-词(文学)-文学欣赏 Ⅳ. ①I207.23

中国版本图书馆 CIP 数据核字(2022)第 252491 号

河南人民出版社 出版发行

(地址：郑州市郑东新区祥盛街 27 号 邮政编码：450016 电话：65788053)

新华书店经销　　河南灏博印刷有限公司印刷

开本 710 毫米×1000 毫米　1/16　印张 15.5

字数 180 千字

2022 年 12 月第 1 版　　2022 年 12 月第 1 次印刷

定价：49.00 元

总序

诚明不易

——读书和思考很重要

有文化,对于一个人或一个地方来讲,都是件很荣耀的事。

但对任何事物的评判,是要有标准的,除了感情因素、动机因素,还要有客观现象或现实作为依据。

评判一个人是否有文化,需要把握三个核心要素:

思考问题的深刻性、系统性,即能力标准;做人做事的原则性,即道德标准;处世的格局与方式,即表现形式。

评判一个地方是否有文化,是这三条个体标准的群体化,千年相沿,影响带动,形成民风。

也可以量化对比一些现象,比如历史文化资源中某地域科举考试进士数量,比如时代文化气息中某地域人均线下图书购书量和借阅量。这一个历史数字和一个现实数字,以今天的地市级行政区划来比较,如果都没能进入全国的前100位,就要在崇文重教方面加压奋进了。

也可以观察考量一些群体社会表现,比如对于名利的态度和追求方式,比如人际交流中能否自然而准确地表达。如果在名利面前都可以弹性处理道义和手段,如果平常说话要么是词不达意要么是轻浮卖弄,就要在民风淳正方面强化引领了。

还可以客观分析这个地方对于历史文化资源传承弘扬的着眼点和着力点,即以什么理念和什么方式来做。

不去研究老子、孔子的思想和生平,而只专注于附会渲染他们出生时天有异象;不去探讨孔庙、太昊陵的历史沿革、礼制内涵、建筑格局,而是津津乐道于怎么跳龙门、怎么摸子孙窑生儿子;不去领悟楚辞、理学的文化意蕴,而去无谓地争夺屈子投江、程门立雪的发生地;不准确把握历史名人资源的界定标准,而一味自作多情地生拉硬拽、认亲攀附;不深入全面地研读文化典籍,而是听说了几个名词术语就敢写文章谈观点,误认为能溜滑板就能开飞机;不科学地研判文化资源价值,明确地域文化定位,而是敢把梦话当学术宣言,动辄自称"宇宙元点";输了赛道之后,不是反省自己体质、技能或装备上的不足,而是到处喧嚷"我祖上会飞"。

这种现象不是个别的,不是一时的,是大面积长期存在。

为什么要这样?就是因为这样做成本低,不需要下苦功夫,不需要钙铁硒、精气神、勤奋和天赋的支撑,只需要在村头听听老奶奶是怎么哄孙子的,在酒桌上借鉴些别人的豪言壮语,再掺些自己常用的聪明,就可以跳出来鸣锣起舞了。

这样做的直接后果,是把科学的变虚幻了,把真实的变模糊了,把厚重的变轻薄了,把人格塑造变成生活调味了。一场弘扬历史文化的恢弘大剧,变成了戏谑小品。

把这些现象都观察分析一番,再来衡量一个地方是否有文化,是否有健康正确的文化观,相信有些自我文化定位很高的地方,也会有一定程度的失落。

一个地域内,文化的阶段性、类别性缺失,是由多种原因造成的,就像一个人的体质不佳,有的是先天不足,有的是大病之后元气没能恢复,有的是长期不良习惯致使免疫力弱,等等。这本身不可怕,辨症施治就行了。要注意的是,不能误把病态作强健,再以不健康的方式试图去勉力维护这虚幻的强健。

失落之余,不是沉沦颓废,不是自欺自诩,而是要冷静下来,分清楚病态与健康,查明白遗传或病理,以对时代负责的态度,对子孙负责的态度,努力去弥补缺失。

前人留下的东西,我们要科学地传承好;前人留得少的东西,在我们手中变多;前人没有留下的东西,我们努力给子孙创造。

要促进文化的发展与繁荣,不能靠空谈,是需要付出的。要下笨功夫,去研究,去实践,持续发力引导,以一代人甚至几代人的付出,不断优化一个地方的文化基因。

最基本的方式,是读书与思考,有质量的读书与思考。

读书的目的,不完全是获取知识,不单单是做些学问。读书的最根本目的,是让人有思想、有灵魂,有至诚之德和洞明之智,是要塑造健全人格。

所以,要多读有用之书,想明白做人做事的道理,外化于言行。一人如此,千万人如此,当下这样,世世代代这样,努力实现我们这个时代新的文化灿烂。

周口,有着悠久的历史,有着丰富的文化资源,是中华道德文明起源传承的核心区。相传伏羲氏在这里演八卦,探索自然规律,追求天人合一,开启人类文明大道之源;老子在这里研道悟道,辨明道德关系,引领尊道贵德,道德理念厚植于这方土地。

同是在这块土地上,先贤留下了无数典籍,是民族文化的瑰宝。我们从中选择 9 个方面的内容,邀请若干学界有影响、学术有专长、地域有关联的学者,共同编纂“周口历史文化典籍丛书”,在继承前人思想文化的同时,形成我们这个时代自己的文化成就,为大家提供阅读,引发大家思考,为“道德名城　魅力周口”文化标识增添亮度。

以后,我们还会不断努力。希望有更多人参与支持。

编　者

2022 年 10 月 11 日

自序

春游词笔郁嵯峨

——张伯驹词概说

词是中国文学百花园中一朵艳丽的奇葩。它始于梁代，形成于唐代，五代十国后开始兴盛，至宋代达到顶峰，元明时期衰落了300多年，在清代重新进入发展状态。清代词人以纳兰性德最为盛名。到了近现代，由于白话文兴起，古诗词逐渐淡出历史舞台。但词脉绵绵，词运不绝，在古诗词的落日余晖里，天边又出现了一抹艳丽的彩霞，又一诗词大家出现了。他就是被红学大家周汝昌称为“中国词史当以李后主为首，而以先生为殿”的近现代文化名人张伯驹。

张伯驹先生是我国近现代著名的词人、收藏家、戏剧家和书画家。但现在人们提起张伯驹，津津乐道的大都还是他的人生传奇、文坛逸事、捐献佳话，认为他一生最大的贡献就是为国家护宝献宝，而对于他一生词作的艺术成就及其在中国词坛上的价值和地位却认识不足。其实张伯驹一生最大的成就是他的诗词创作。1985年，中华书局出版了《张伯驹词集》，编选了张伯驹一生数千首词作中的907首。如果从词集中第一首的写作时间算起，至1982年，张伯驹写词时间前后长达55年。从第一本词集《丛碧词》到《春游词》《秦游词》《雾中词》《无名词》《续断词》，可谓篇篇锦绣，佳作迭出。除了前面周汝昌先生的高度评价，对于《丛碧词》，当代著名词家周笃文先生也有很高的评价，他认为《丛碧词》是“一部妙语如环，取重当代的力作”。国学大师冯其庸先生非常钦佩张伯驹的词作，曾填《浣溪沙》，对张伯驹的《春游词》给予极高的评价。

其一：

才气无双折挫多，平生起落动山河。至今仍教泪滂沱。
国士高风倾万世，魍魉魅魑一尘过。春游词笔郁嵯峨。

其二：

读罢春游泪满巾，分明顽石是前身。黄金散尽只余贫。
眼里茫茫皆白地，心头郁郁唯情醇。天荒地老一真人。

著名民主人士章伯钧曾赞叹道：“张伯驹吟联填词，比我心算一加二等于三还快，我随便出个题，他张口就来，既合格律又切题，真叫绝了，这是什么？这就是文思、才思和神思啊！”著名学者寓真先生评价道：“张伯驹的文化贡献，第一是词学，第二才是文物鉴赏。”

张伯驹词作浑然天成，音律谐美，情韵兼胜，风致高而不俗，气味纯而不薄，极富深邃感人的艺术魅力，有可意会不易言传之妙。既有“忆长安、春夜骋豪游，走马拥貂裘”的豪纵与狂放，“垂柳阴阴飞白鸟，野风吹破一湖烟”的清丽与活泼，又有“井梧初黄，庭莎犹绿，乱虫自诉”的苍凉与无助，“去后寒斋案积尘，庭除依是雪如银。小梅憔悴可怜人”的凄清与冷落。可谓一景即一情，一情亦一境。

张伯驹1965年前的两部词集《丛碧词》《春游词》是其早期和中期的代表作。这两部词集的风格以婉约为主，间有豪放词作。其1970年以后的四部词集，则可全部归入其晚期词作。张伯驹一生词风的渐变，是与其遭遇及其生活环境直接有关的。青壮年时代，张伯驹完全生活在一个生活优裕的书香门第，其性格行迹虽有“公子”本色，风流倜傥，但其心性真纯，一心浸淫在传统文化的学习与传承上。特别是于词作用功甚苦，主要是学习唐宋词风格，有刻意仿作之迹。这一时期的词作特色，主要体现在其旅游风景词上，例如其《临江仙》一词：“帘影故家池馆，笛声旧日江城。一春深院少人行。微风花乱落，小雨草丛生。　驿路千山千水，戍楼三点三更。繁华回忆不分明。离尊人自醉，残烛梦初醒。”这首词颇有令词的要眇与清婉之妙，深微优美，情调清雅，读来仿佛是作者脱口而出，自然天成。诸如此类的词句，在《丛碧词》中几乎俯拾皆是，如“鱼儿三尺水，燕子一帘风”，“山光微雨外，人影落花中”，等等。

1957年，张伯驹被划为右派，他的命运发生了很大转折。他失去了工作，生活艰难，心情抑郁，几乎中断了词作生涯。1961年，张伯驹被迫随夫人出关东北。在长春他找到了可以发挥其长处，也是其倾心热爱的工作——文物收藏。就是在这虽被人冷落但又不甚苦难的生活中，张伯驹又恢复了作词的活力，且每每是触景生情率性而出，一吐肺腑之言，一字一泪，一声一咽，感人至深。其1961年至1965年的词便集为《春游词》。但《春游词》一扫《丛碧词》之欢快、轻灵之风，变得沉郁而哀婉了。其词《浣溪沙》道：“去后寒斋案积尘，庭除依是雪如银。小梅憔悴可怜人。　半笑半啼应有恨，一花一蕊不成春。那堪吹笛为招魂。”作者在词序中写道：“出关后，家无能养花者。腊尽归来，盆梅只一花一蕊，憔悴堪怜，词以慰之。”这首词写内心感受缜密、凄婉，语言跌宕、活泼、俏皮。他在另一首词《眼儿媚》里说：“情深千尺，怜春是我，我是谁怜？”其情之悲苦，颇耐人寻味。所以，冯其庸先生说：“张伯老的《春游词》，实际上可说是他的‘断肠集’。古人云‘词穷而后工’，《春游词》确实无论是思想深度、感情深度和艺术的高度，更胜于《丛碧词》。然而这是以他的苦难、眼泪和性命磨炼出来的啊!”

1970年以后，张伯驹再次经历了命运打击，他的词风也随之发生了巨大的变化。

1970年，正处在“文革”之中，张伯驹经过批斗之后，被辞退下放农村劳动。其时已73岁（虚岁），因农村不予收留，他只好流落于北京街头或者到西安他女儿家去，艰难度日。但就在张伯驹陷入绝境的1972年初，章士钊先生通过周恩来总理的批示，聘张伯驹为中央文史研究馆馆员，把张伯驹从生命的惊涛骇浪中一下子拉进了风平浪静的避风港，使他从一个屈辱生活在社会底层的“封建主义的残渣余孽”变成了人民政府的“座上客”。

张伯驹一生命运多舛、苦乐兼备。他高贵过，又贫寒过；他荣耀过，也屈辱过。由富贵到贫寒，由荣耀到屈辱，正给了他一副洞透人生的最光亮、透彻的眼镜，而他又是一个有教养、有文化、有才华、有气节、心底真纯之人，因此，他晚年词风的转变，也就是必然的了。

1970年至1972年的词，张伯驹集为《秦游词》。他在词集的序言中说：“余少年从戎入秦，宝马金鞭，雕冠剑佩，意气何其豪横……暮岁东出榆关，追步道君、秋笳，铩羽归来，疾病穷苦，乃更入秦依女儿以了残年……此一生如四时，饱经风雨阴晴之变，而心亦安之。时则重到旧游地，作小词，亦不计工拙。盖为残雪剩爪，随笔之所至，幸方家视之，勿以词品相衡量也。”

这篇小序写得很漂亮，叙述了他一生风雨阴晴之变，也道出了他晚年作词的心态，即“不计工拙……随笔之所至”。这“不计工拙”之词的词风，就是“疏放”。

“疏放”，实际上也就是陈瘦愚先生所说的“平易”一格。当然，“平易”有丰富的内涵，还应该含有“安闲—闲逸”“乐观—乐趣”“平常—自然”等多种意蕴。这里所说的“疏放”，只是“平易”风格在张伯驹晚年词作中更明显的特征，也可以说是“旷放”，也可以称为“旷达—通达”“超然—豁达”等。

他有一首词《渭城曲》：“肆间初见小梅姿，风韵依然似旧时。画图愿买折枝写，无奈囊空惟剩诗。”这首小词前还有一小序：“今冬相对无梅，见肆间有小盆梅初花，欲买囊空无钱，赋此阕。”

这首词作于1971年，是词人最为穷困潦倒的时候，但词人却不减爱梅之心，玉洁冰清的情操不变，语气是幽默的、超然的，自嘲肚子里唯剩诗书而已。

写贫寒的诗词容易博得人们的同情，但要给读者一种美感而不是穷酸气或怨苦之情却不容易，说穷看来也是一门艺术，难的是分寸不好把握。但张伯驹把握得很好，他这首词，含有幽默、豁达的成分，让人读后有一种“含泪的笑”的感觉。张伯驹写穷愁，也写出了他那高洁的精神气质，其语气又自然平易，平中见奇。

这一时期，张伯驹还有一首自谓“正月十一日大雪，晨起河边踏雪诵佛”的词《浣溪沙》：“梦里曾于净土行，开门起看尽光明。岸边垂柳鹤梳翎。　天地与心同一白，乾坤着我并双清。万花飞散打身轻。”

这首词气象阔大而又纯粹、干净，有“天地与心同一白”的境界。词人的心情是那样轻松，风格欢快俊爽，语言平易晓畅，痛快淋漓，完全是脱口而出，不见斧凿之痕。

1973年以后，张伯驹已是中央文史研究馆馆员，生活安定，心情泰然。他有了足够的时间和心情来回味自己的一生与消磨晚年的安然时光。他的词越发真率、疏放、洒脱而又有些朦胧的意味了。他有八首《瑞鹧鸪》词，都是咏柳絮的，其中一首咏道：“泊絮门前乱一围，轻尘细雨共霏霏。玉钩垂箔春情懒，银粉弹弓雪意肥。　　似泪还须和泪看，非花也应当花飞。可怜总是随流水，难得升天到碧微。”这首词既有安逸淡泊的心境又有些微的伤感，似乎是在咏叹自己柳絮一样的命运；语言则如流水行云，来去自如，余味绵绵。

到了晚年，张伯驹更是喜用《小秦王》一类语言整齐、短小，类似七言诗的词牌了，这样的《小秦王》他写了很多，一首题为“听泉”：“清泉汩汩净无沙，拾取松枝自煮茶。半日浮生如入定，心闲便放太平花。”词人在词后又自注云：“泉在寺后小山前，流入甃池，松塔有平坛，汲水煮茶。静坐其下，此时如入定僧，心太平矣。”这首词充溢着尽享大自然美景，心情泰然的满足和潇洒，语言也如信口道来，疏朗亦有雅意。

另一首《小秦王》则是因游紫竹园而作：“沿堤暑雨长蒹葭，万柳垂阴水一涯。何处更寻干净土，白莲花里是吾家。”这首词自有天然胜韵，其疏放洒脱之情溢于言表，也是张伯驹词中的逸品。

总之，张伯驹70岁以后的词风明显地不同于早期和中期，处处展现出淡然、疏放的情怀。

那么，这种疏放主要是指什么呢？其实就是说张伯驹超然、真纯的心胸，不同世俗的高洁情怀。张伯驹一生，特别是晚年，始终心怀坦荡超逸，放掉得失之心，旷达地面对各种遭遇。他的体悟是，万事流变，无物常衡。毕竟人生遭遇是变化无常的，也是个人无法掌握的，只有自己的心境可以由自己控制。只有以旷放的人生态度对待生活和命运的诗词之作，才能给人以精神的慰藉。当然，这是一种特殊的情境，也不是人们刻意追求坎坷遭遇的结果。

张伯驹作词，追求"北宋之神"与"南宋之骨"，是非常推崇婉约与"正宗"的。他前期的词作，格律严谨，婉约多丽，许多词作曾被行家评为"清妙自然""可乱六一"，"六一"即欧阳修。但是到了晚年，他的词风却出现了明显变化，虽然格律仍然严谨，风格却越发疏朗自然了。为什么会有这么大的变化呢？究其原因，主要有以下三点：

一是个人心境的改变。张伯驹是1972年初进入中央文史研究馆的。此时，正是他晚年命运的转折点。当上了中央文史研究馆馆员，并恢复了北京户口，他有了做学问的保障和心情，内心颇为欣慰。中央文史研究馆是毛泽东亲自倡议设立的。这个馆是具有统战性和荣誉性的文史研究机构，宗旨是敬老崇文。受聘者都是耆年硕学之士，其中有前清的探花、翰林、进士、举人，有文史研究方面卓越有成就和影响的学者，他们大都历尽坎坷，饱经沧桑，于古稀之年，还在勤于研究著述，或挥毫泼墨，或吟诗作赋，然工作节奏并不紧张。张伯驹这时已75岁（虚岁），正是桑榆晚景。应该说，他此时的词风正是个人心境改变的反映。

二是社会环境的相对安定。1972年以后，周恩来主持中央日常工作，在政治、经济建设方面都作了调整，以尽快恢复安定的局面。1973年邓小平复出，开始大刀阔斧地整顿国民经济秩序，使混乱的社会进入一个较为稳定的状态，国民经济有了起色，人民群众的生活相对稳定。1975年，更成为“文革”中较为“安定团结”的一年。社会气象少有的祥和氛围，正是张伯驹这一时期词作情绪的体现。

三是佛教思想的影响。张伯驹晚年的词作已带有较为浓厚的佛教色彩。例如，前文中所提到的他那首《浣溪沙》，词序说“正月十一日大雪，晨起河边踏雪诵佛”，开头一句便是“梦里曾于净土行”。什么是净土？净土是佛教中的西方极乐净土，也是清净庄严的处所。张伯驹于1974年、1975年的两首词中也有“半日浮生如入定，心闲便放太平花”和“何处更寻干净土，白莲花里是吾家”的词句。“入定”是佛教的一种修行方法，闭眼静坐，不起杂念。“白莲花”也是佛教的象征，走进佛教寺庙，随处可以看到莲花形象。佛教中，以莲为喻的词语数不胜数，如佛座称为“莲座”或“莲台”。

张伯驹晚年的词作，为什么多有佛教色彩呢？这与他本人一生的经历和佛教的基本教义都是有关的。他一生经历了多次的风雨浮沉，昨日尚是“阶下囚”式的阶级敌人，忽而成为“民主人士”“座上宾”。这些荣辱毁誉的变化，当然也难以让张伯驹解释清楚，他只有以“看破红尘”来自慰，对所谓名利、所谓生死，有了通达的看法。当然，佛教中确有“四大皆空”“看破红尘”等似乎消极的方面，但佛教也有积极的入世精神和自我修行的境界。佛教提倡以慈悲为本，忍辱为行。对于声色货利、五欲六尘，多远避之。佛教也提倡慈悲勇猛、精进不懈，也主张人们要善于认识环境、认识自己，不要为自己和环境所困惑烦恼，要“转迷成悟”，“离苦得乐”，使自己得到解脱和自由。佛教还提倡通过六种修行净化人的心灵，提升人生的心性，其中两种就是“忍辱”和“禅定”。“忍辱”就是说人的一生中会遭逢各种境遇，其中不乏艰难困苦，忍耐艰难困苦可以提升心性；“禅定”是说人们总是在纷扰中度日，内心也随之躁动不安，因此，要尽量控制自己的情绪，这样就可以使自己的修养尽可能提升，保持纯净的心境。实际上这也是一种较为积极的人生观和处世心态与哲学。这些佛教的教义，其实与中国的儒教、道教的精神都是相通一致的。所以，张伯驹曾经说："儒释道，任天真，聪明正直即为神。"他潜移默化地继承了中国儒释道的修养要义，不愧为承继中国传统文化的一位名士。

目录
CONTENTS

八声甘州[①]

三十自寿[②]

几兴亡、无恙[③]旧河山，残棋一枰[④]收。负陌头柳色，秦关[⑤]百二，悔觅封侯[⑥]。前事都随逝水，明月怯登楼。甚五陵年少[⑦]，骏马貂裘。

玉管珠弦欢罢，春来人自瘦，未减风流。问当年张绪[⑧]，绿鬓[⑨]可长留？更江南、落花肠断，望连天、烽火遍中州[⑩]。休惆怅、有华筵在，仗酒销愁。

【注释】

①八声甘州：词牌名，又名《甘州》《潇潇雨》等。甘肃省张掖市古称甘州。甘州在唐宋人的诗词中常作为苦寒地和边塞地出现。一般认为，词调《八声甘州》是从唐教坊大曲《甘州》中截取一段改编演化而成。此调因上下片八韵，故名八声。双调，97 字，平韵。

②三十自寿：此词作于 1927 年，时年作者 30 岁（本书提及张伯

驹年龄时皆依其本人习惯用虚岁表示，此后不再一一注明），这是《张伯驹词集》里收录的第一首词。

③恙（yàng）：病。

④枰（píng）：棋盘。

⑤秦关：语出王昌龄《出塞》："秦时明月汉时关，万里长征人未还。"泛指边塞关山。

⑥悔觅封侯：语出王昌龄《闺怨》："忽见陌头杨柳色，悔教夫婿觅封侯。"

⑦五陵年少：汉朝皇帝每立陵墓，都把豪族外戚迁至陵墓附近居住，最著名的是长陵、安陵、阳陵、茂陵、平陵五陵。后来诗文也常以五陵指豪门贵族聚居之地。这里泛指有钱有势人家的子弟。

⑧张绪：字思曼，南朝齐吴郡吴县（今属江苏省苏州市）人，张裕孙。长于《周易》，言精理奥，见宗一时，为人清简寡欲。忘情荣禄，朝野皆贵其风。

⑨绿鬓：黑发。绿谓柳树风流，枝条甚长，状若丝缕，貌如当年张绪。《南史·张裕传》载，武帝曾赏柳咨嗟，曰："此杨柳风流可爱，似张绪当年时。"

⑩烽火遍中州：指 1920 年至 1927 年的军阀混战。

【赏析】

张伯驹 20 岁时，即 1917 年，从陆军混成模范团毕业，即到陕西督军陆建章部下任职，至 1925 年间，先后任河南省暂编第一师参谋、四省（湖北、湖南、四川、江西）经略使署咨议、陕西督军署参议兼驻京代表等。但他看不惯军界彼此间勾心斗角、互相倾轧的卑鄙行径，更看不惯上层人物在权贵面前奴颜婢膝，对百姓却敲骨吸髓的恶行，于是于1925年28岁时辞职，解甲从商。这首词就是回忆军中生活及其所思所感的，抒发了他对军队生活的悔恨情绪，以及对当时军阀混战、民不聊生状况的忧虑之情。

这是一首咏史怀古词。而立之年，他立下誓愿，从此读书从艺，在艺海里遨游人生。上片里，作者追怀古昔朝代兴亡的历史，抒发了人间沧桑、山河依旧的感叹，检讨了自己骏马貂裘，年华已逝，追逐官场，一事无成，空余遗恨的过去，但又不愿陷入悔恨往事的泥沼。

下片表达了他对连年军阀混战的忧思，对政治的厌倦：这世界哪堪挽救，不如对酒当歌，不枉人生。同时，作者引用张绪一典，表达了自己对张绪清简寡欲、忘情荣禄的性情和志向的赞赏，以及自比张绪如杨柳风流可爱的潇洒风度，表示有意追求风流恬淡的人生，从而表现出青年时代的张伯驹所具有的当时普通人和贵公子们所不具备的那种超脱和飘逸。

这首词情致宛笃，对仗精工，力透纸背，落拓中自有一种豪放，反映了他对当时社会的无奈和不屑为伍的心态，也表现了他早年写词的功力，可以说是出手不凡。从此张伯驹致力于辞章，终生不废，笔墨触及各类题材。

水龙吟[1]

杨花。[2]依章质夫、苏东坡唱和韵[3]

乍开谁当花看，幻身一现旋教坠。隋堤[4]路远，章台[5]非旧，有何情思。摇荡春魂，懵腾酒梦，重门深闭。算癫狂成性，飘零经惯，最容易，因风起。

抛撇故乡何处。料天涯、枝头难缀。飞时有迹，捉来无影，欲团还碎。乱扑征衣，轻窥离席，又随流水。怪年年作态，将人勾引，洒东风泪。

【注释】

①水龙吟：词牌名，又名《小楼连苑》《龙吟曲》等。据说出自唐李白《宫中行乐词》中的“笛奏龙吟水”句。双调，102字，仄韵。

②杨花：指柳絮。“杨花”是古诗词中常出现的意象，但它与杨

树无关，而是指柳絮。古人一般称柳树为杨柳，故柳絮也常被称为杨花。

③依章质夫、苏东坡唱和韵：章质夫名楶（jié），字质夫，今福建人，终资政殿学士。曾与苏东坡同官京师。宋神宗元丰四年（1081）春，章质夫正在荆湖北路提点刑狱任上，而此时苏东坡因“乌台诗案”谪居黄州。章便去信劝慰落难黄州的苏东坡，并附寄所作《水龙吟》。苏东坡得之甚喜，回信说：“柳花词妙绝……故写其意，次韵一首寄去。”次韵，指依照别人作诗所用韵脚的次第来和诗。张伯驹这首词是依章质夫、苏东坡词韵和作的。

④隋堤：隋大业元年（605）开通济渠，两岸堤上并植杨柳，后人谓之隋堤，后用为咏柳的典故。

⑤章台：章台街是汉代长安的一条繁华街道，旧时这里多妓院，后世用为妓院等地的代称。

【赏析】

苏东坡词《水龙吟》是借柳絮拟人以抒情的咏柳之作，幽怨缠绵，直是言情。全词意象朦胧，明咏柳絮，暗咏思妇，离形取神，全从虚处摹写，笔致轻灵飞动。词作借杨花以寄托身世坎坷之寂寞幽怨，是苏东坡婉约词的经典之作。

张伯驹此词便是大致依东坡词意而咏柳絮的，意思也是感叹柳絮的命运。

上片是说杨花似花，但又无人将其当花看。杨花瞬间飘落，似花非花的特点带给它悲剧性的命运，直如章台妓女一样，无人爱惜，任其坠落成泥。

下片更形象地摹写杨花随风漂泊，“一团团、逐队成球”，却难以掌握自己的命运。如此一年年过去，柳絮命运却难以改变，只能引起人们的惋惜同情，洒下无奈的叹息之泪。

这首词作于20世纪30年代初，是作者早期的创作。作者有意模仿唐五代和北宋词风，运用前人营造出的意境，以袭故弥新，练习自己的词作艺术，常常能做到自然妥帖，取得出人意表的艺术效果。

这首词曾受到著名学者冯其庸的高度评价。他说："东坡的和词已经把章质夫的原唱压倒，如今要再和此词……后人确是难乎其难了。但是张伯老不仅和了，而且一和再和，都是用'章质夫、苏东坡唱和韵'，这需要多么大的才气和功力！"冯其庸又说："伯老的词，确是地道的词人之词，是承唐五代及两宋格律派词人的传统，这就显得需要功力和才气。"

附：苏东坡《水龙吟》

水　龙　吟

次韵章质夫杨花词

似花还似非花，也无人惜从教坠。抛家傍路，思量却是，无情有思。萦损柔肠，困酣娇眼，欲开还闭。梦随风万里，寻郎去处，又还被、莺呼起。

不恨此花飞尽，恨西园、落红难缀。晓来雨过，遗踪何在，一池萍碎。春色三分，二分尘土，一分流水。细看来，不是杨花，点点是离人泪。

浪　淘　沙[1]

香雾湿汍澜[2]，乍试衣单。小楼消息雨珊珊[3]。斜卷珠帘人病起，无奈春寒。

愁思已无端，又减华颜。年年几见月团圆。燕子不来花落去，莫倚阑干[4]。

【注释】

①浪淘沙：唐教坊曲名，后用为词牌，创自唐代诗人刘禹锡、白居易。又名《浪淘沙令》《卖花声》《过龙门》等。早期的《浪淘沙》所咏内容皆如调名所示。双调，54字，平韵。

②汍澜：流泪的样子。

③珊珊：同“姗姗”，形容走路缓慢从容。在这里形容雨疏风轻。

④阑干：栏杆。

【赏析】

这是一首思春怀人词，也是传统的题材。上片写一个多愁善感的少女在春寒细雨中的小楼上伤春若病的样子，创造出一个美丽清幽的春寒怀人的艺术境界。

下片写主人公的无端愁思，即没有明确的思念对象，只是感到“燕子不来花落去”的落寞惆怅，是一种少女朦胧怀春的情感，把一个少女多情、纯洁的形象写得细腻传神。语言婉丽流畅，情韵深远。

对于这首词，诸多词家给予很高的评价，如，黄君坦：“南唐小令妙在不着色，不着力，神韵自然。作者深悟此境，往往似之。”周汝昌：“语语是浑成境。重光以后，便少如此法。”

踏 莎 行①

送寒云②宿霱兰室③

银烛垂消，金钗④欲醉，荒鸡数动还无睡。
梦回珠幔漏⑤初沉，夜寒定有人相忆。

酒后情肠，眼前风味，将离别更嫌憔悴。
玉街归去暗无人，飘摇密雪如花坠。

【注释】

①踏莎行：词牌名，出自唐江东诗人陈羽诗《过栎阳山溪》："众草穿沙芳色齐，踏莎行草过春溪。闲云相引上山去，人到山头云却低。"《踏莎行》调名本意即咏古代民间盛行的春天踏青活动。又名《柳长春》《喜朝天》等。双调，58 字，仄韵。又有《转调踏莎行》，双调，64 字或 66 字，仄韵。

②寒云：袁世凯次子袁克文（1890—1931），字豹岑，号寒云，常以三国曹子建自喻，人称"袁门子建"。才华横溢，放浪不羁，精通书法、绘画，喜爱诗词、戏剧，还是京剧、昆曲票友。与张伯驹交

从甚密，曾与张伯驹、张学良、溥侗并称民国“四大公子”。

③霭兰室：张伯驹此词最初发表在《蛇尾集》，小序为：“寒云醉宿粉房琉璃街霭兰堂，以车送之，即和原韵。”后收入《丛碧词》时改为“送寒云宿霭兰室”。

④钗（chāi）：妇女的一种首饰。

⑤漏：古代计时器。以铜壶盛水，水从壶中漏出，壶中篆上刻度显出时辰，夜深时，漏壶水少。

【赏析】

这首词是和袁寒云词《踏莎行》（随分衾裯）的词作，作于1929年冬。寒云词云：“随分衾裯，无端醒醉，银床曾是留人睡。枕函一晌滞余温，烟丝梦缕都成忆。　　依旧房栊，乍寒情味，更谁肯替花憔悴。珠帘不卷画屏空，眼前疑有天花坠。”

张伯驹此词上片是写寒冬深夜大雪纷飞之时，霭兰室内却还是银烛垂消，佳人环绕。天色将明，有多少人家的妻子还在灯下等待着未归的丈夫。上片营造出一片孤寂凄楚的情景。

下片先是直写饮宴之后将与佳人告别时的惨淡情景，然后描写霭兰室外的深夜雪景，把无限的相思惜别之情寓于迷离凄清而又空阔的意境之中。

这首词是针对袁寒云词的和作，但其情思则是扩展到天下“夜寒定有人相忆”的层面，从而具有了普遍意义。特别是最后几句，抒发自己在此意境中浓郁的愁思和离别之情，一如那苍茫天穹间纷乱飘摇的雪花。

全词语短情长，情景相生，景中寓情，象外隐意，抒情凄美，韵味深长。

如　梦　令①

寂寞黄昏庭院，软语花阴立遍。湿透凤头鞋，玉露寒侵苔藓。休管，休管，明日天涯人远。

【注释】

①如梦令：词牌名，原名《忆仙姿》，又名《宴桃源》等。传为五代时后唐庄宗李存勗创作，因其中有“如梦，如梦，残月落花烟重”句，改为今名。单调，33字，仄韵。其复加一叠者名《如意令》。

【赏析】

这是一首怀人词或者说闺怨词。怀人和闺怨是唐五代小令中一个抒写离愁别恨、闺情闺怨的传统题材，为婉约词人所钟爱。很显然，这是张伯驹早期词作中有意学习唐宋词的习作。

此词融景色描写与心理描写于一体，倾吐出佳人在情人去后感到的萧索与孤独，对于女性的心理描写得很细腻真切。语言活泼简洁，传神生动，蕴含着哀怨与惆怅的情绪。

卜 算 子①

落叶掩重门，桂子香初定。今夜月明分外寒，照澈双人影。

薄袂②倚虚廊，天外银河耿③。街鼓无声未肯眠，忘却霜华冷。

【注释】

①卜算子：词牌名，又名《百尺楼》《眉峰碧》等。双调，44字，仄韵。

②袂（mèi）：衣袖。

③耿：光明。

【赏析】

这是一首描写深秋寒夜在庭院赏花赏月的抒情小令。上片写秋夜人静，桂香初发，夜月皎洁，作者与妻子双双立于庭院赏花赏月的情景。下片写作者的感受。秋意微冷，银河明亮，繁星闪烁，夜阑人静，好一个充满诗情画意的秋夜。词人敏感的心，感受到了周遭意境的清逸幽冷，真是心旷神怡，超然乎尘垢之外，忘却了人间的烦恼。全词文笔纯净，明快妍丽。

浣　溪　沙①

飒飒霜寒透碧纱，可堪锦瑟②怨年华。风前独立鬓丝斜。

宛转柔情都似水，飘摇残梦总如花。人间何处不天涯。

【注释】

①浣溪沙：唐教坊曲名，后用为词牌，一作《浣纱溪》，分平韵、仄韵两体。词牌本意即咏春秋越国美女西施浣纱的溪水。

②锦瑟：漆绘装饰得很美的瑟。瑟，古代一种乐器。

【赏析】

这是一首抒情小令。上片写霜寒之夜寂寞幽冷，这时传来一阵锦瑟的哀怨之声，好像是有一个少女在寒风中独立。听着锦瑟之声，不由得感叹过往的年华，此时境界更加朦胧、凄楚。

下片进一步写少女触景生情，感叹自己的身世如残梦之迷离，如落花之飘摇，自己的感情似水一样白白流去，无人理解，好像漂泊在天涯一样的孤独。最后一句颇富哲理：任何一处对于他处来说都是遥远的天涯。

词人以浓郁的情感，感叹人生飘摇不定。年华易逝，这种迷茫难言的心情，使人很自然地感受到弥漫于全词的惆怅、寂寞、向往、失落的情思意绪。全词体现出作者善于捕捉刹那间的生活感受，有着体察入微的才思和情感，语言细腻，其声凄婉动人，其韵跌宕回环，极富美感。

浪淘沙

金陵[1]怀古

春水远连天，潮去潮还。莫愁湖[2]上雨如烟。燕子归来寻旧垒，王谢堂前[3]。

玉树已歌残[4]，空说龙蟠[5]。斜阳满地莫凭阑。往代繁华都已矣，只剩江山。

【注释】

①金陵：南京，中国古代都城。公元前333年，楚威王熊商于石头城筑金陵邑。229年，吴大帝孙权在此建都，金陵从此崛起。“江南佳丽地，金陵帝王州。”金陵是中国古典文化和风雅文化的代表城市。

②莫愁湖：莫愁是南北朝时期的著名美女。古乐府《莫愁乐》：“莫愁在何处？莫愁石城西。艇子打两桨，催送莫愁来。”今南京城内有莫愁湖。

③王谢堂前：刘禹锡《乌衣巷》：“朱雀桥边野草花，乌衣巷口

夕阳斜。旧时王谢堂前燕，飞入寻常百姓家。”王、谢，六朝时望族，住南京乌衣巷。

④玉树已歌残：杜牧《泊秦淮》：“烟笼寒水月笼沙，夜泊秦淮近酒家。商女不知亡国恨，隔江犹唱《后庭花》。”《后庭花》即《玉树后庭花》，为陈后主作，后被喻为亡国之音。

⑤蟠（pán）：盘曲地伏着。南京历来被称为虎踞龙蟠之地。

【赏析】

此词作于20世纪30年代初，作者时任盐业银行南京分行经理。

这是一首怀古词。怀古词是就历史人物、历史事件或历史遗迹即与历史相关的人、事、物等而创作的作品。其主要特征是借助历史生发议论或书写情怀，多为歌颂、评说或凭吊，抑或是批判、同情或肯定。大多怀古诗词读来便有一种历史的沧桑感、凝重感。唐宋以后，以六朝兴亡为题材的怀古诗词较多，如《金陵五题》便是刘禹锡咏史怀古诗中的名篇。

作者通篇隐括刘禹锡诗意，即景抒情，追怀古昔，抒发了人间沧桑和物是人非的感慨。上片先叙述莫愁的美丽传说，再写如今莫愁湖上雨如烟的悲凉、空旷的气氛，紧接着化用刘禹锡《乌衣巷》诗意，对王、谢的盛衰无常进行嘲讽，抒发了对历史的兴衰深为感慨的情怀。

下片化用杜牧《泊秦淮》诗意，直接议论“往代繁华都已矣，只剩江山”，从而透出历史迁逝，人亡物换，故国繁荣已去却江山依旧，孤城荒凉的现实，颇有警世之意。全词巧妙隐括，融化前人诗意构成开阔境界，内蕴深远，气韵悲壮而沉郁，使人读后有无限苍凉之感。

摸　鱼　儿①

同南田登万寿山②

试登临、秋怀飘渺，长空澄澈如浣。关河③迢递人千里，目断数行新雁。杨柳岸，犹瘦曳烟丝，似诉闲愁怨。天低水远。正黄叶纷纷，白芦瑟瑟，一片斜阳晚。

空怀感，到处离宫荒馆，消歇燕娇莺婉。旧时翠辇④经行处，惟有碧苔苍藓。君不见，残弈局、频年几度沧桑换。兴亡满眼，只山色余青，湖光剩绿，待付谁家管。

【注释】

①摸鱼儿：唐教坊曲名，后用为词牌。本名《摸鱼子》，又名《买陂塘》《陂塘柳》等。双调，116字，仄韵。

②同南田登万寿山：万寿山，在颐和园内，海拔108.9米。南临昆明湖。万寿山前山，以八面三层四重檐的佛香阁为中心，组成巨大

的主体建筑群，从山脚的“云辉玉宇”牌楼，经排云门、二宫门、排云殿、德辉殿、佛香阁，直至山顶的智慧海，形成一条层层上升的中轴线。后山有宏丽的藏传佛教建筑四大部洲和屹立于绿树丛中的五彩琉璃多宝塔。山上还有景福阁、重翠亭、写秋轩、画中游等楼台亭阁。登临时，可俯瞰颐和园的景色。南田，应为作者友人、盐业银行同事，生平不详。

③关河：山河之意。关，要塞、出入的要道，此处泛指山关。

④翠辇（niǎn）：辇，多指君后所乘的车，如帝辇、凤辇等。翠辇，指帝王和王后的华丽的车辇。

【赏析】

这是一首登临怀古词，写于20世纪30年代。上片以写景为主。作者与友人在深秋时节登上万寿山，极目望去，长空清澈如洗，山河冷落，黄叶纷纷飘落，芦苇瑟瑟，一派萧条、令人悲壮的景象，这是远景。实际上也是暗示着当时全国陷于内战，烽烟四起，山河破败，民生维艰的凄惨局面。

下片是作者俯瞰颐和园的近景。颐和园内昔日帝王嬉戏游乐的景象一去不返，最后一个封建王朝已经灭亡，颐和园仅剩下离宫荒馆，昔日车辇往来的路上因人迹稀少，也长了苔藓，处处是寂寞悲凉的气氛。由此引发了作者对于国家兴衰的感叹。“待付谁家管”，展现了作者关心民间疾苦的襟怀和急切盼望战乱平息的心情。国家破败，人民多难，谁能来挽救残局，救人民于水火，使国家重新走上繁荣昌盛之路呢？

全词感情深沉，读之有无限苍凉之感，写景状物生动形象，极为鲜明地表现出景物中人的思想情怀。上片笔法壮阔，笔力苍劲，下片则委婉细致，凄哀缠绵。

全词以景起兴，以景作结，景中寓情，景黯情深，铺叙有致，层层渐进，清晰有序，气格沉郁忧伤，语言优美清丽而不绮艳，音律谐和，是一首登临感怀的佳作。

八声甘州

忆长安[1]、春夜骋豪游，走马拥貂裘。指银瓶索酒[2]，当筵看剑，往事悠悠。三月莺花已倦，一梦觉扬州[3]。襟上啼痕在，犹滞清愁。

又是登临怀感，听数声渔笛，落雁汀洲[4]。看残烟堆叶，零乱不胜秋。碧天长、白云无际，盼归期、帆影送轻鸥。倚阑处、才斜阳去，月又当楼。

【注释】

①忆长安：长安，西安的古称。作者1924年前后曾任陕西督军署参议兼驻京代表。此词即回忆西安从戎的一段生活。

②银瓶索酒：语出杜甫诗《少年行》："马上谁家薄媚郎，临阶下马坐人床。不通姓字粗豪甚，指点银瓶索酒尝。"比喻浪荡儿郎骄横的神态。元代诗人杨维桢也有诗句"银瓶索酒豪尚在，腰间屡解双珠符"，也是比喻青年人的放荡与豪迈之气。

③一梦觉扬州：语出杜牧诗句："十年一觉扬州梦，赢得青楼薄幸名。"杜牧曾居扬州，与青楼女子多有来往，诗酒风流，放浪形骸。故日后回忆，乃有如梦如幻，一事无成之叹。这是诗人感慨人生，自伤怀才不遇之作。

④落雁汀洲：宋代词人舒亶《散天花》有句："西风偏解送离愁。声声南去雁，下汀洲。"此句喻送别朋友于荒郊南浦，遥望四周，一片肃杀、冷落之景。

【赏析】

这是一首抒情词，反映了词人青年时代诗酒豪纵、裘马轻狂的生活。作者年轻时曾从军，任陕西督军署参议兼驻京代表，但不久即辞去军职，全身心致力于文化艺术创作。

此词上片即叙述其青年时期的抱负及其放纵不羁的傲岸性格。从西安的那一段从军生涯写起，"三月莺花已倦"句中的一个"倦"字，吐露了对军政职事的厌倦之感。

下片主要写其登临感怀，放情山水游历时的感受，既有思古之幽情，又有游子思乡的愁怀。残秋景色象征时局，状写惆怅情怀。"一梦觉扬州"，用杜牧诗意，小杜《遣怀》有句云"十年一觉扬州梦，赢得青楼薄幸名"。作者在这里引用杜牧诗句，意在追忆昔日军中生活奢侈逍遥，如在梦中，而今醒悟到往日肤浅的名利不过是一场美梦。

"月又当楼"意味沉绵，让人想到曹植的诗句："明月照高楼，流光正徘徊。"又有了月下怀念亲人，不胜凄楚的情感。整首词可谓豪放中兼有细腻的情感。

此词笔力健举，语调多变，节奏跌宕，风格纤细与犷放兼备，显示了其早年词作的功力。

长亭怨慢[①]

大梁[②]

记前梦、鸿泥[③]花絮。旧巷师师[④]，月明窥户。李主[⑤]前身，道君[⑥]今问在何许。雪天回首，空目断，离宫树。怨曲谱山亭[⑦]，忆剩得、缠绵如此。

薄暮。望樊楼[⑧]不见，绕树乱鸦无数。前朝去矣，只荒漠、夕阳留付。甚作赋、早減邹枚[⑨]，旧宾客、梁园[⑩]谁主。算只有、登高怀远，河流如缕。

【注释】

①长亭怨慢：词牌名，姜夔自度曲，又名《长亭怨》。双调，97字，仄韵。

②大梁：指开封市，又称汴梁，宋朝曾定都在此。

③鸿泥：鸿鸟在雪地上留下的爪印，比喻往事的痕迹。

④旧巷师师：李师师，生卒年不详，北宋末年青楼歌姬。貌美多才，成为文人雅士、公子王孙竞相争夺的对象，相传宋徽宗也闻其名而想一亲芳泽，于是私会了李师师。李师师落落大方，温婉灵秀，温文尔雅。宋徽宗也狂热地爱上了李师师。宋徽宗被俘后，李师师下落不明。

⑤李主：指南唐后主李煜。

⑥道君：指宋徽宗赵佶，极度崇尚道教，自称“教主道君皇帝”。

⑦怨曲谱山亭：宋徽宗被掳往北方五国城，行途中见杏花而作词《燕山亭·北行见杏花》。

⑧樊楼：相传樊楼为北宋东京七十二家酒店之首，宋徽宗与李师师常在此相会。

⑨邹枚：邹阳和枚乘的并称。邹阳，生卒年不详，西汉文学家。枚乘（？—前140），西汉辞赋家。

⑩梁园：一作“梁苑”，故址在今开封市东南，汉代名士枚乘、司马相如、邹阳都曾在梁园为客。

【赏析】

这是一首怀古词，以宋徽宗命运的变迁与开封梁园的兴衰为怀古对象，抒发对历史沧桑变化的感慨。

上片述说宋徽宗与李师师的故事。想当年宋徽宗是何等风流不羁，但很快北宋灭亡，他成了俘虏，命运何其悲惨，也只有在悲哀的词作中回忆当日的缠绵了。

下片则是想到供文人雅士吟乐辞赋的梁园，当年是何等风光，成为文人施展才华的地方，是人们所仰望的“文豪”的象征。而今只留下一片荒漠的遗迹，与当年的樊楼一样，繁华不再，只有乱鸦绕树的凄凉，令人感叹。

最后一句“算只有、登高怀远，河流如缕”，以荒凉辽阔的景象作结，更增加了全词悲慨无尽的意味。

全词将历史上多个历史故事、典故有机地组织起来，而不显紊乱，其情感，则无论帝王或文人雅士，其命运都经历了兴衰变化，由此可见张伯驹对中国历史和文化的深邃感悟与对创作内容纷繁的慢词的驾驭能力。

全词用仄韵，韵律顿挫、沉郁，更增强了词作情感的愁深恨重。

霓裳中序第一[1]

西山[2]赏雪归作

江山倏[3]换色，万象无声都一白，桥下流冰澌澌[4]。看亘野玉田，凌空银壁，荆关画笔[5]。唳[6]朔风、飞雁迷迹。凭阑望、一天黯淡，更莫辨南北。

清寂，埋愁三尺。玉街暗[7]、繁云冻逼。归车难识旧宅，又夜永如年，酒寒无力。烛盘红泪滴，梦里觉、梅花扑鼻。铜瓶冷、竹窗萧瑟，月影映丛碧[8]。

【注释】

①霓裳中序第一：词牌名。《霓裳》为《霓裳羽衣曲》之简称。1186年（宋孝宗淳熙十三年丙午），南宋词人、音乐家姜白石（姜夔）客游于湖南长沙，登南岳衡山七十二峰之最高峰祝融峰，发现了献神曲《皇帝盐》《苏合香》乐谱，两曲原来都是唐代乐曲，继而

又从乐师旧书之中发现了商调《霓裳羽衣曲》乐谱，《霓裳羽衣曲》原为盛唐著名宫廷音乐，其乐、舞、服饰皆着力描绘仙境与仙女形象，调属黄钟商。于是，姜白石采用了《霓裳羽衣曲》中序部分之第一阕乐曲填词。双调，101字，仄韵。

②西山：北京西山。

③倏（shū）：极快地，忽然。

④漷（guó）：（拟声）水流声。

⑤荆关画笔：荆，荆浩；关，关仝。在山水画方面，他们是五代时期的代表人物。荆浩，长期隐居在太行山的洪谷，他的山水画取景广阔，故有大气磅礴之势。关仝，师法荆浩，有“出蓝”之誉，故画史常“荆关”并称。关仝活动于秦岭、华山一带，其画笔雄劲，气势峭拔，表现出山川奇伟的气质。

⑥唳（lì）：鸣叫。

⑦暗：有缄默不语、晦暗、了解、忽然等意义。

⑧丛碧：“丛碧山房”，康熙帝御笔，张伯驹收藏的第一件墨宝，从此张伯驹居处斋号丛碧山房，张伯驹号丛碧。

【赏析】

这是一首咏雪词，作于20世纪30年代。此词起首就笔力千钧，震撼人心。上片写雪景，取景广阔，“看亘野玉田”有千里冰封的壮阔，“凌空银壁”，冰川银壁，写出了雪山的雄奇、冰川的峭拔，真是笔力雄劲。“唳朔风、飞雁迷迹”，一片冰冷寂寞的世界，横出飞雁，静中有动，更显示出山川雪景那奇伟的气质。

下片写赏雪归来后的感受，仍是字字珠玑，溢华流彩。词人梦见梅花，梅花是孤傲、高洁的象征。梅花在词中往往代表作者的品格。

由此可见，雪景给词人留下的印象多么深切、美好。

总括全词，画面开阔，意境雄浑，笔力粗豪雄放，气力非凡，具有劲拔、坚韧之美。上片笔法壮阔，笔力苍劲，下片则委婉细腻，情意缠绵，刚柔相济，情景兼美。词人寇梦碧极其赏识此词首句，他评道："一起凭空而来，笔力万钧。"

浪　淘　沙

广州至汉口飞机上作

乱雨湿江天，晓雾漫漫。万峰叠翠到人前。归梦又随春去也，日近长安。

百丈响风鸢[1]，俯视云烟。岳阳城下浪花翻。一镜空濛三万顷，飞过君山。

【注释】

①风鸢：风筝。鸢，老鹰。

【赏析】

以飞机上俯视江河大地的情景和感受为题材的词作并不多见。此词可谓此类题材的优秀之作，也是张伯驹豪放词代表作之一。在飞机上俯视人间的景象，一掠而过，极不易写，但词人却写得极为生动，突出典型形象。“岳阳城下浪花翻”，景象逼真，极有气势，且含有作者激情。“一镜空濛三万顷”，大有横绝六合、一览天下之概。

浣　溪　沙

题心如、公渚[①]、慧素合画《寒林晚照图》

萧瑟西风一雁过，遥天渺渺洞庭波。秋心宛转奈愁何。

独向霜林伤晚景，听来落叶已无多。只余残照此山河。

【注释】

①心如、公渚：心如即陶心如，海派画家；公渚即黄公渚，书画家、教授。

【赏析】

“诗中有画，画中有诗。”

此词是题咏《寒林晚照图》的，非常传神地以文学语言创造出了一个阔大而萧瑟的秋景，且含有悲壮的悲秋情绪。

秋 霁[①]

中秋同韵绮、鹤孙、西明[②]泛舟昆明湖[③]赏月，迟景荣吹笛，王瑞芝[④]操弦和之

千里婵娟[⑤]，与玉阙琼楼[⑥]，共一颜色。寒似层冰，皎如圆镜，照来水天双澈。一叶剪碧，荇[⑦]飘翠带鱼盈尺。隔树阴，蛩[⑧]语、长桥横卧少人迹。

歌板暗诉，怨抑沉沉[⑨]，夜阑秋声，都入瑶笛。倚兰桡[⑩]、临流顾影，人间未应有今夕。疑是广寒天上客。素娥[⑪]何处、应似桂殿[⑫]同游，满身清露，去时还湿。

【注释】

①秋霁：词牌名。调名本意即咏秋晴，又名《春霁》《平湖秋月》。《填词名解》云："《秋霁》之调，创自李后主（李煜）。至宋胡浩然用此调作春晴词。"《词谱》云："此调始自胡浩然，赋春晴

词，即名《春霁》，赋秋晴词，即名《秋霁》。”仄韵，双调，105字。

②韵绮、鹤孙、西明：韵绮，张伯驹第二位夫人；鹤孙、西明均为作者友人。

③昆明湖：在北京颐和园内。

④迟景荣、王瑞芝：均为作者友人、盐业银行同事，生平不详。

⑤婵娟：指月亮。

⑥玉阙琼楼：月中宫殿。阙，古代皇宫大门前两边供瞭望的楼。

⑦荇：荇菜，水生植物，叶浮在水面上，夏天开花，黄色，根茎可吃。

⑧蛩：蟋蟀。

⑨沉沉：深邃貌。

⑩桡：船桨，代指船。

⑪素娥：嫦娥，神话人物。后羿从西王母处得到不死之药，嫦娥偷吃后，遂奔月宫。

⑫桂殿：传说月亮上有桂树，高五百丈，下有一人常砍之，树创随合。后世故有“吴刚伐桂”的故事。殿，月上的宫殿。

【赏析】

这是一首赏月纪游之词。词人以其特有的工丽笔致，描绘了一幅难得的中秋月夜、湖上泛舟、唱叹抒情的游乐图。从此词可以看出，作者不但长于抒情，也工于咏物，此篇即是咏物结构。

上片写昆明湖月夜美景。首先写月光清寒明亮，水天双澈，这是大环境。接着写一叶扁舟在湖上划行，船边荇菜漂荡，鱼儿欢快畅游，这是近景。然后写远处蟋蟀低语、长桥无人的幽静景象，这是远景。这些景物和谐地融为一体，呈现出波光迷离、明月荡碎闪烁、境清神远的诗情画意。

下片抒情，着重写客人陶醉于风景之中的愉悦心情，清逸脱俗的品格和出尘远世的超然情怀，读后使人有如临其境的感受，生出一种遗世独立、羽化登仙的超越凡尘之乐，净化了心灵。

全词写得飘逸高妙，摇曳多姿，文辞清丽生动。从艺术手法上可以看出张伯驹深谙音律，字句精工，达到了圆融美艳、修琢无痕的境地。

兰 陵 王[①]

金陵[②]客中。依清真韵[③]

晚烟直，春草无人自碧。吴门[④]外、官道夕阳，怕见青青柳丝色。红尘望故国，谁识、飘零旧客。来时路、天外片帆，不尽江流泪千尺。

萍踪问前迹，又酒剩空尊，花落残席。小楼夜雨过寒食。忆十里迢递，几番寒暖，亭长亭短又一驿。念家在天北。

悲恻，恨凝积。叹客意阑珊，归梦沉寂。芳春有尽愁无极。听卖杏深巷，唤饧[⑤]长笛。寒宵孤枕，更漏断，似泪滴。

【注释】

①兰陵王：词牌名，源自北齐时讴歌兰陵王高长恭勇武的歌谣《兰陵王入阵曲》，是该曲的“遗声”。史载高长恭“貌柔心壮、音容兼美”，不但勇冠三军，而且是个美男子，由此可以推测《兰陵王入阵曲》一定是个雄壮激越的调子。此词分三段，130字或131字，仄韵。

②金陵：指南京。

③依清真韵：周邦彦，号清真居士，其词《兰陵王·柳》极有名。此词依清真韵，即依周邦彦原词的韵次。

④吴门：泛指江南一带。

⑤饧（xíng）：糖块、面剂子等变软。

【赏析】

此词是羁旅山水的抒情词，作于20世纪30年代。第一片由“晚烟直”说出旅途傍晚所见情景，提起全篇。“不尽江流泪千尺”极言漂泊之苦。第二片写旅途上“几番寒暖”，友朋相别的离情别绪，以及旅途无涯，游子思乡的愁情。第三片集中抒情，“芳春有尽愁无极”，生动形象，又由“听卖杏深巷，唤饧长笛”，强烈烘托出了游子思乡的悲情，不觉泪下，情感直率、真挚。全篇意若连贯，层次清楚，前后照应而不着痕迹。

当代著名学者冯其庸先生在其《旷世奇人张伯驹》一文中极为赞赏这首词。他说：“这首词，不仅是用周清真原韵，而且是次韵，即依清真原词的韵次，逐句逐韵填押，用韵的次序丝毫不乱。而词作本身，依然一气呵成，天然浑成，无丝毫勉强凑韵之感，这可见他的才气大功力深。”冯其庸先生还就此词及张伯驹的其他词作说：“伯老的词，确是地道的词人之词，是承唐五代及两宋格律派词人的传统，这就显得需要功力和才气。”

附：周邦彦《兰陵王》

兰　陵　王

柳

柳阴直，烟里丝丝弄碧。隋堤上、曾见几番，拂水飘绵送行色。登临望故国，谁识京华倦客？长亭路，年去岁来，应折柔条过千尺。

闲寻旧踪迹，又酒趁哀弦，灯照离席。梨花榆火催寒食。愁一箭风快，半篙波暖，回头迢递便数驿，望人在天北。

凄恻，恨堆积！渐别浦萦回，津堠岑寂，斜阳冉冉春无极。念月榭携手，露桥闻笛。沉思前事，似梦里，泪暗滴。

西　　河[1]

金陵怀古，答南田。依清真韵

形胜地[2]，兴亡梦里谁记。寒流北望接天低，怒潮又起[3]。归帆去棹送征人，斜阳冉冉无际。

曲阑畔，曾共倚，桃叶渡口[4]船系。当年第宅剩春风，燕泥故垒[5]。昔游回首几经年，应知愁似江水。

绿杨白板旧酒市，想枇杷、花下门里，换了繁华人世。只秦淮、片月凄凉[6]，相对曾照南朝[7]，歌声里。

【注释】

①西河：词牌名。《碧鸡漫志》卷五引《脞说》：“大历初，有乐

工取古《西河长命女》加减节奏，颇有新声。”全词105字，分三段，第一、二段各四仄韵，第三段五仄韵。

②形胜地：壮丽的胜地，指金陵（今南京）。

③怒潮又起：化用刘禹锡《石头城》“潮打空城寂寞回”诗意。

④桃叶渡口：南京古名胜，金陵四十八景之一。位于十里秦淮与古青溪水道合流处附近。一说东晋书法家王献之当年曾在此迎接爱妾桃叶，古渡口由此得名。

⑤燕泥故垒：隐括唐代诗人刘禹锡诗《乌衣巷》“旧时王谢堂前燕，飞入寻常百姓家”诗意。

⑥片月凄凉：隐指刘禹锡诗《石头城》“淮水东边旧时月，夜深还过女墙来”诗意。

⑦南朝：为宋、齐、梁、陈四朝总称，代指南京。

【赏析】

此词为咏叹金陵旧迹、感慨历代兴亡之作，作于20世纪30年代，作者任职南京盐业银行经理期间。

全词主要是赞美金陵为壮丽的南朝故都，悲叹南朝繁华盛世不再，而今人们已不记得历代兴亡之事，颇有警世之意。词中典故较多，桃叶渡口、燕泥故垒、片月凄凉等处处显示出盛世已逝、人非物异的悲慨和凄怆。同时，作者又以“寒流北望接天低”“斜阳冉冉无际”等词句勾画出一幅托物咏怀的辽阔苍凉的图画。

全词巧妙隐括前人诗意，构成开阔境界，深远内蕴，气韵悲壮而沉抑。但可看出此词是以周邦彦词为素材，融入己意的作品。

附：周邦彦《西河》

西　河

金陵

佳丽地，南朝盛事谁记？山围故国绕清江，髻鬟对起；怒涛寂寞打孤城，风樯遥度天际。

断崖树，犹倒倚；莫愁艇子曾系。空余旧迹郁苍苍，雾沉半垒。夜深月过女墙来，伤心东望淮水。

酒旗戏鼓甚处市？想依稀、王谢邻里。燕子不知何世；入寻常巷陌人家，相对如说兴亡，斜阳里。

鹧　鸪　天①

西湖旅夜

二月春寒未放晴，炉香烟细冷云屏。灯花照影愁先觉，湖水摇窗梦不成。

一阵阵，一声声，斜风细雨到天明。问人夜睡何曾着，燕子无须唤客醒。

【注释】

①鹧鸪天：词牌名，又名《思佳客》《醉梅花》等。或说调名取自唐郑嵎“春游鸡鹿塞，家在鹧鸪天”诗句，然唐五代词中无此句，始见于宋宋祁之作。双调，55字，平韵。

【赏析】

这是一首纪游词，写作者宿西湖时深夜和清晨的感受。斜风细雨，湖水荡漾，燕子轻盈，意境美妙多情，词人竟高兴得一夜未曾入睡。全词清婉圆转，工巧流丽，风韵天然，词风欢快，着笔细腻，而又不落痕迹。这是张伯驹小令的突出特色，体现了他“自写性情”的主张。他的小令多率情之作，往往就眼前景色抒写内心情感，自然而发，生动感人。

临　江　仙[1]

帘影故家池馆，笛声旧日江城。一春深院少人行。微风花乱落，小雨草丛生。

驿路[2]千山千水，戍楼[3]三点三更。繁华回忆不分明。离尊[4]人自醉，残烛梦初醒。

【注释】

①临江仙：唐教坊曲名，后用为词牌。原曲多用以咏游仙，故名。双调，58字或60字，皆用平韵。

②驿（yì）路：驿站，旧时传递官府文书的人中途休息的地方。

③戍（shù）楼：边防驻军的瞭望楼。

④尊：同“樽”，古代的盛酒器具。

【赏析】

这是一首抒发羁旅愁怀的词，此类题材在古代词中一般都写得凄哀愁情、哀怨欲绝。在这首词里，作者虽然也有感伤的情怀，却把这些情怀巧妙地融化在轻灵可爱的物象中了，写花儿的飘落与小草的清丽可喜，都真切如画，充满生趣，即便是愁情，也成了很有情趣的感受。如“微风花乱落，小雨草丛生”，不仅语言工巧，颇有情趣，而且其中萌生着盎然的活力。“驿路千山千水，戍楼三点三更”，寥廓的境界中，却和谐地生出精微、清幽的意境，动人心弦，可谓自然神韵，天趣喜人。周笃文评价道：“天然胜韵，风韵独绝，《丛碧词》中高境。”

张伯驹的这首词，当时就得到了很高的评价，有人赞其“大有南唐之骨，北宋之神”，是极高之作，置于小山词中，“可乱楮叶”。小山即晏几道，晏殊的儿子。晏几道的父亲做过宰相，位重名高，让他反受其累，因此特立独行，所以为世俗所轻而怀才不遇，于是以诗酒消遣。从心境上讲，这一点与张伯驹相似。因此两人的作品有某种共同之处。晏几道的一首《蝶恋花》（醉别西楼醒不记）也唱出了张伯驹的心声。难怪有人评价：将张词置于小山词中，几无以辨。这是公允之论。

惜　红　衣[①]

忆游西湖。和白石韵[②]

水贴轻云，风熏丽日，暗添吟力。细浪平波，奁[③]函净澄碧。浓妆淡抹，沉醉得、南来词客。喧寂，秾李冶桃，闹春光消息。

车尘巷陌，倦游归来，征衫酒痕藉。贪欢不恋旧国，隔天北。为想柳边花外，能有几番游历。待甚时重到，轻载一船山色。

【注释】

①惜红衣：词牌名。姜夔自度曲。仄韵格，双调，88字，上片五仄韵，下片六仄韵，宜用入声韵。上片结尾句与下片倒数第二句皆用上一下四句法。

②和白石韵：和韵，作旧体诗词方式之一。依照所和词中的韵作诗或填词，大致有三种方式：依韵，即与被和作品在同一韵中而不必用其原字；次韵，或称步韵，即用其原韵原字，且先后次序都得相

同；用韵，即用原诗韵的字而不必依照其次序。白石，即南宋词人姜夔，号白石道人。

③奁（lián）函：这里形容西湖像一个精致轻巧的匣子。奁，古代盛放梳妆用品的器具。函，匣子。

【赏析】

这是一首纪游之词，写出了春日西湖的迷人风光。上片写西湖春景，水碧花红，游人如云，处处都是欢快之象，江南景色跃然纸上。下片是游赏归来，精疲力竭，但仍是游兴未尽，想象着何时再来西湖。最后一句“轻载一船山色”，堪称奇绝，语词平淡，却词简意丰，不同凡响，其中“山色”二字，真乃包容万象，将整个西湖风景及游人观赏印象全部容纳其内，令人想象不尽，且可船载，非常形象、奇崛，真是“情余言外，含蓄不尽”。

琵 琶 仙[①]

听莲琴女校书[②]弹琵琶。依白石韵

夜月楼头，有谁谱、旧怨荻花枫叶[③]。纤指轻拨重挑，回肠倍凄绝。疑塞上、秋风带雁，似堤外、绿杨听鴂[④]。药[⑤]自同心，弦能解语，幽意难说。

又还看、遮面无言，怕偷换、年华误芳节。忍惜落花身世，等飞蓬飘荚[⑥]。应不惯、胡沙渐远，恨玉颜、马上驮雪。相遇同是天涯，更休轻别。

【注释】

①琵琶仙：词牌名。姜夔自度曲。双调，100字，仄韵。

②女校书：喻女才子。唐成都名妓薛涛，有文才，时人呼为女校书。

③荻花枫叶：唐白居易《琵琶行》有句："浔阳江头夜送客，枫

叶荻花秋瑟瑟。”

④鴂（jué）：鶗鴂，指杜鹃。

⑤菂（dì）：莲子。

⑥荚（jiá）：某些植物的果实，如豆荚、槐树荚等。

【赏析】

这首词和姜夔《琵琶仙》（双桨来时）一词。姜夔词是描写春游时偶遇与昔日恋人相似的女子，而勾起对往日情致的美好回忆。词作抒发了词人对时序更替，景物依旧，而人事已悄然全非的感伤。其主旨并不在春游，而在感发怀人之思。全词笔意清刚秀逸，韵律跌宕顿挫，无限哀感之中显见风流潇洒的意味。

张伯驹的和作，则是由听莲琴女校书弹琵琶，想起唐诗人白居易的长诗《琵琶行》。其诗是感慨自己天涯沦落而巧遇“老大嫁作商人妇”的琵琶女，也是天涯落拓之人，引发无限哀思感叹。张伯驹借用白居易诗意，上片主要摹写莲琴女校书的弹奏技艺及其琵琶声调的哀怨愁苦，颇似杜鹃一样啼鸣。

下片则写莲琴女的落花身世如同“飞蓬飘荚”一般，难以掌握自己的命运，最后说“相遇同是天涯，更休轻别”，意思是自己和莲琴女也成了“同是天涯沦落人”，甚至不忍与莲琴女马上轻别了，可见悲情之深。

张伯驹这首词与姜夔词意不尽相同，情感上则有相通之处，都有一种感慨年华易逝、命运落拓的情思。在写景与抒情方面，张伯驹词的上片营造出境界悲凉、秋风萧瑟、飞蓬飘荚的迷离氛围。在用韵上，也颇为贴切吻合，不露斧凿痕迹。

附：姜夔《琵琶仙》

琵 琶 仙

《吴都赋》云："户藏烟浦，家具画船。"唯吴兴为然。春游之盛，西湖未能过也。己酉岁，予与萧时父载酒南郭，感遇成歌

双桨来时，有人似、旧曲桃根桃叶。歌扇轻约飞花，蛾眉正奇绝。春渐远，汀洲自绿，更添了、几声啼鴂。十里扬州，三生杜牧，前事休说。

又还是、宫烛分烟，奈愁里、匆匆换时节。都把一襟芳思，与空阶榆荚。千万缕、藏鸦细柳，为玉尊、起舞回雪。想见西出阳关，故人初别。

秋 思[1]

秋夜同慧素[2]宿丛碧山房[3]，不寐起吟。用梦窗[4]韵

推枕银床侧。掩画屏、还透一庭凉色。风动树声，露侵兰气，秋宽愁窄。伴吟苦幽窗、乱虫如助诉怨抑。爇[5]细香，烟篆碧。念旧日情怀，好花时候，邂逅解征鞍处[6]，暗魂长忆。

寒夕，更残漏滴。看那人、早卸容饰。韵停瑶瑟[7]。昏灯明灭，坠蟾[8]犹白。弄绿影、蕉阴印纱，摇翠旗风翼。叹久客，谁省识，便过眼悲欢，重寻无梦记得。况隔天南水北。

【注释】

①秋思：词牌名，一名《秋思耗》。双调，123字，上片六仄韵，下片九仄韵。

②慧素：潘素（1915—1992），张伯驹夫人，字慧素，江苏苏州

人，当代女画家。

③丛碧山房：张伯驹居处斋号，位于北京弓弦胡同。

④梦窗：吴文英（约1212—约1272），字君特，号梦窗，今浙江宁波人。一生没做过官，来往于江浙间，当过一些显贵达官的门客。知音律，工词，风格丽密。

⑤爇（ruò）：点燃。

⑥解征鞍处：旅游的地方。征鞍，指旅行者所乘的马。

⑦瑶瑟：用玉装饰的琴瑟。

⑧蟾：传说中月有蟾蜍，所以称为月蟾。

【赏析】

本词上片写秋天入夜时分的室内外景色，生动细腻。室内是银床、画屏，细香丝缕，烟色青黛如碧，室外则是“一庭凉色”：“风动树声，露侵兰气。”这两句十分传神，创造出一种幽深静谧的意境：本来应是风动树摇，作者偏说微风吹动树梢，似乎有一种飘逸的声音，令人神会；本来应是露湿兰花，作者偏说兰花的芳香中似乎蕴含着晶莹的露珠。这两句真是想象新奇而又合理，给人一种奇妙的体会和美的享受，不愧是神来之笔。

下片先写“晓风残月”的景象：“昏灯明灭，坠蟾犹白。”接着写“蕉阴印纱”。这几句仍然是体物精细，入微传神：室内自然是油尽灯残，室外呢，正在西坠的月亮，仍然发出苍白的光，似乎可以看出残月下沉的动态。“蕉阴印纱”，更是传神入画，作者不说芭蕉树叶的影子照在纱窗上，偏说蕉阴印纱，运用拟人手法，赋予蕉阴情感，好像蕉叶也知室内情人犹然未眠，便把自己的柔情印在纱窗之上。最后几句是感叹夫妇一往情深，度过了几多悲欢，但往日的记忆却仿佛难以一一记清了。

这首词，上下片结构紧密，描写逼真入神，以写景为主，景中寓情，由内而外，由外而内，层层铺叙写景，借景传情。下片以抒情为主，情寄于景，写景笔意刻画入微，生动传神，抒情笔意也沉着抑郁，颇有感慨、珍惜的情愫。全词写得意象生动，今昔交错，章法绵密，极具婉约词之本色，堪称“清超绝俗”之词。

风　入　松[①]

题枝巢[②]主人《楼台梦影图》

绿杨门巷背河街，灯火旧秦淮[③]。玉钩罗幕春时梦，记昨宵、故国重回。红粉飘零有恨，白头流落堪哀。

江山龙虎气沉埋，歌舞剩荒台。前朝多少兴亡事，只空城[④]、潮去潮来。燕子不知世改[⑤]，琼花犹向人开。

【注释】

①风入松：古琴曲名，后用为词牌。又名《风入松慢》《松风慢》《远山横》等。以晏几道《风入松》（柳阴庭院杏梢墙）为正体，双调，74字或76字，上下片各6句，四平韵。

②枝巢：夏仁虎（1874—1963），字蔚如，号枝巢，江苏南京人。先后任北京大学、北京师范大学教授，1951年被聘为中央文史研究馆馆员。张伯驹友人。

③秦淮：指秦淮河，大部分在南京市境内。“江南佳丽地，金陵帝王州”，秦淮河的南京城内河段便是历史上著名的“十里秦淮”“六朝金粉”的地方。其两岸优美古朴的风光、众多的人文胜迹，体现了金陵古城的古老风貌。

④空城：指南京，借用唐刘禹锡《石头城》诗句：“山围故国周遭在，潮打空城寂寞回。淮水东边旧时月，夜深还过女墙来。”

⑤燕子不知世改：化用宋周邦彦《西河·金陵怀古》词句：“燕子不知何世；入寻常巷陌人家，相对如说兴亡，斜阳里。”

【赏析】

这是一首怀古词。其主要特征是借助历史生发议论或抒写情怀，显示出或是批判，或是同情，或是感慨的思想和情绪。此词就是感慨历史悠悠，世代更替，六朝古都的繁华都成了现代人们兴叹的一去不返的兴衰历史了。

浣溪沙（六首）

秋　意

黯淡云山展画叉[①]，笛声楼外雁行斜。镜中容易换年华。

庭际渐衰书带草[②]，墙阴初放玉簪花[③]。西风昨夜梦还家。

秋　梦

砧杵声声万里思，西堂虫语沸如丝。轻随落叶只灯知。

偏是乡遥嫌夜短，多因醒早恨眠迟。刀环[④]盼寄总成痴。

秋　心

孤客沉吟意暗伤，春人憔悴况冬郎。客中偏是觉秋长。

碎绿蕉声摇夜雨，怨红草色送斜阳。眼前愁绪太凄凉。

秋　声

听到无声更可怜，长宵未许教人眠。客魂销尽一灯前。

风柝[5]怕惊愁里梦，霜钟欲破定中禅[6]。开门只见月当天。

秋　影

霜鬓萧萧独倚阑，帘波掩映夕阳前。西风相对总无言。

一叶梧飘穿月破，数行雁过印江寒。画桡不点镜中天。

秋　痕

新月掏成爪样钱，海棠红湿泪阑干。眉峰暗锁小屏闲。

凋碧欲迷烟外路，残青难画雨中山。看来都在有无间。

【注释】

①画叉：用以悬挂或取下高处立幅书画的长柄叉子。

②书带草：百合科，沿阶草属常绿多年生草本，初夏叶间抽花轴，上部开花，穗状花序。常野生于沟旁及山坡草丛中，也可盆栽、水栽观赏。历史传闻：一穷书生到富人家借书，富人故意刁难，指一柜书说，全可借给你，但扁担、绳子没有，看你怎样带回去。书生忽见门外一草，叶长似带，遂将书结之背回，自唤为“书带草”。

③玉簪花：百合科植物，叶丛生，夏到秋季开花，色白如玉，未开时如簪头，有芳香。玉簪花花朵多为纯洁的白色，纯粹干净，显得高洁而与众不同，十分高雅清丽、超凡脱俗。

④刀环：指书信。明王世贞《明月篇》：“东家羁妇望刀环，西邻弃妾守钗钿。”

⑤柝（tuò）：打更用的梆子。

⑥禅：梵语 Dhyāna 的音译“禅那”的简称。是佛教的一种修持方法，是一种基于“静”的行为。

【赏析】

这是一组写景抒情词，共六首。从这六首词中，我们已可领略张伯驹小词的风致。秋意、秋梦、秋心、秋声、秋影、秋痕之题，意义素雅、含蓄、清澈、迷离动人。特别是《秋影》一首，上片写作者于夕阳斜照，波光粼粼，西风瑟瑟之时，独倚栏杆遥望秋色的情景，已有诗情画意；下片写景更是清寂冷峻，“一叶梧飘穿月破，数行雁过印江寒”，对仗何其精工，意境何其美妙、迷幻。此情此景，似有似无，瞬间即逝，却又令人神思难忘。此两句道尽秋色之无穷韵味，耐人寻味、叹赏，而又难以形诸语言。

全词瘦削雅素，洗练隽丽，真是大家手笔，体察入微，达到了炉火纯青、出神入化的境地。其他几首，也多有风致，其意境都在五代宋初之间。冯其庸先生对这几首词非常欣赏，说若将它们“置之古人集中，何用多让”，又说“论气质和境界，我认为只有后主、小山、道君、纳兰、梁汾可以气脉相通”。

绕 佛 阁①

秋阴。依清真声韵

黯云四敛。闲院悄寂，风动梧馆。残昼又短。半庭罨②水，沉香透帘幔。桂阴渐满。楼外向暝，凭望天远。霜气凄婉，数行指点，归鸿下芦岸。

暮日倍萧瑟，断浦③平林烟似线。还认暗尘，空蒙遮水面。看作意添愁，催换流箭④。旅思谁见。叹又几西风，秋便零乱。锁眉峰、翠痕难展。

【注释】

①绕佛阁：词牌名，以周邦彦《绕佛阁》（暗尘四敛）为定格，调名本意即咏佛教礼佛活动中绕佛三匝的敬礼仪式。双调，100字，上片八仄韵，下片六仄韵。

②罨（yǎn）：覆盖。

③断浦：南浦，南面的水边，后常用来称送别之地。宋张炎词《南浦·春水》有句："荒桥断浦，柳阴撑出扁舟小。"

④流箭：形容时间飞逝，日月如梭，光阴似箭。

【赏析】

这首词和的是周邦彦的《绕佛阁》（暗尘四敛），周邦彦的词可能是从明州任上赴京途中所作。该词上片实写孤馆独宿的凄凉，下片是虚写，由眼前的河水想起与京城的故友恐不易重逢，不觉悲从中来，微带郁郁寡欢。他的词作展示了其词作技巧的娴熟和情绪的内敛。

张伯驹和韵而作的这首词，选用的场景则是自己的房宅在秋日傍晚时的氛围及周围的景色，呈现出悲秋的孤独凄凉感，然后想到光阴飞逝，自己与故交也很少见面了，不禁悲从中来。

此词上片前三句点明"闲院悄寂"，正是秋日阴云四合的傍晚，风动梧桐，显现了小院的寂静与空落。接着，由近及远，写到了小院以外的景色，"楼外向暝，凭望天远。霜气凄婉"，境界空阔而凄清，这时候又看到"数行指点，归鸿下芦岸"，大雁南飞，鸣声凄哀，更显现出悲秋凄凉的心境。

下片由萧瑟的秋景想到日月流逝，自己曾经的知己现在又在哪里呢？莫非有人正在那让人伤心的南浦，也在遥望空蒙的水面和远处的平林烟霭吗？想到此处，不免锁眉，"秋便零乱"，实际是自己的心在伤感零乱。

全词在对景物的如画再现中逐渐表现出词人内心情感的变化。写景与抒情交织，章法绵密，回环行曲，情蕴浑厚。但此作仍是以前人的作品为素材，融以已意，重新组合，可谓对前人作品的刻意仿作。

附：周邦彦《绕佛阁》

绕　佛　阁

旅情

暗尘四敛。楼观迥出，高映孤馆。清漏将短。厌闻夜久，签声动书幔。桂华又满。闲步露草，偏爱幽远。花气清婉，望中迤逦，城阴度河岸。

倦客最萧索，醉倚斜桥穿柳线。还似汴堤，虹梁横水面。看浪飐春灯，舟下如箭。此行重见。叹故友难逢，羁思空乱。两眉愁、向谁舒展。

鹧 鸪 天

过厦门

枕上寒潮断梦残，客愁离绪一番番。语随地换知家远，花盼春留待主还。

山叠叠，水弯弯，海乡风景近南天。小船逐队飞如鸟，细雨声中卖蜜柑。

【赏析】

这是一首旅游中描写厦门风景和民间生活习俗的词。读罢此词，使人感到满纸载的都是欢快。江南景色、海天风情跃然眼前，使人如在诗情画意之中，心情为之一爽。这首词音律和美，节奏轻快自然，语言明白如话，不加雕琢，充分显示了作者句法活泼、清丽流畅的风格。

“山叠叠，水弯弯”，叠词的运用极具音韵美。这首词是张伯驹婉约词的代表作之一，突出的特色就是音律谐美。张伯驹精通音律，词中充满音乐的律动感和精美的灵性，是其词深厚婉丽的根本要素之一，也是词作为韵文文体不可或缺的。

酹　江　月[1]

客中清明

断肠时节，又天涯寒食，犹滞征鞭。店舍花残烟火冷，归期怕误春前。枌社[2]吹箫，柴门插柳，触景倍凄然。风镫[3]微暗，夜来有梦先还。

望里冉冉斜阳，青青荞麦，十里尽平川。暝色千山虚霭暮，远树更听啼鹃。芳草招魂，东风不语，时簸纸灰钱。家乡此日，野花开遍坟园。

【注释】

①酹江月：词牌名，即《念奴娇》，其出处一说是苏轼《念奴娇·赤壁怀古》中的“一樽还酹江月”句。双调，100 字，上片 49 字，下片 51 字，各 10 句四仄韵。

②枌（fén）社：泛指家乡、故里。

③镫：同“灯”。

【赏析】

这是一首在旅途中恰逢清明时节有感的词。全词描写了清明时节乡村野外暮色低垂的景象。杜鹃叫声悲苦，人们倍加思念去世的亲人。野外一处处坟墓旁，颠簸着刚刚烧过纸钱的残灰。望此情景，不免也想到了自己的家乡，远在中原的乡村这时已是野花开遍坟园的时节了。

全词语言朴实自然，词浅情深，以景始，以景收，触景生情，心景交汇，层层深化，抒写自己清明时节的羁旅离愁，真情感人。

菩萨蛮[①]（二首）

偕慧素南游，春暮未归，客邸忆故园海棠作

其　一

画帘日暖春如醉，酒波夜照胭脂睡。道是海棠时，思归泪暗垂。

天涯春又晚，楼外回双燕。今日误看花，明年何处家。

其　二

阑干落尽梨花雪，春归剩有双飞蝶。一望恨绵绵，断肠芳草天。

玉笙花外弄，醒后情如梦。是梦也难留，镫残人更愁。

【注释】

①菩萨蛮：唐教坊曲名，后用为词牌。双调，44字，上下片均两仄韵转两平韵。

【赏析】

这两首词是作者与夫人在春暮时节旅游途中所作，含有伤春和思乡的情怀，也是一般伤春诗词经常抒发的一种情感。

第一首词的开头两句是写春日的晴和宜人及晚间旅舍内外的风景和人物的情态，第二首词开头两句也是这样，攫取几种典型的意象加以组合，以表现特有的环境，但这种看似单纯描写环境的两句，往往由接下来的两句赋以它特殊的含义。境界的大小或词人的情感所指都在这前后一转。如第一首上片后两句："道是海棠时，思归泪暗垂。"原来是词人看到海棠花在傍晚时也呈现出了倦容，便由怜花想起了家乡，归思之情涌上心头。第二首上片后两句也是由梨花如雪、燕子双飞，而引起伤春情感，顿有"一望恨绵绵，断肠芳草天"之情味。此首下片则基本上是以环境渲染气氛，抒发情感。这两首词都写得婉约缠绵、词情蕴藉。

金　缕　曲[①]

甲辰[②]重九。和刘后村[③]

风雨关山黑。莽苍苍、平沙云卷，层林烟织。极目东西千万里，谁道天涯咫尺。看廖阔、穷边秋色。白发征衣新旧泪，挽江流、并向深杯滴。拈破帽，觅陈迹。

登高作赋空余笔。笑浮生、剩弦胶柱[④]，滥竽弹瑟。衰病又逢佳节至[⑤]，长恨百年为客。凭雁字、愁怀写出。纵有白衣来送酒[⑥]，奈东篱[⑦]、人去黄花寂。霜气肃，日光匿。

【注释】

①金缕曲：词牌名，又名《贺新郎》《乳燕飞》等。双调，116字，仄韵。此词牌最富表现力，宜于描写繁复多变之情感活动，或大声鞺鞳，或小声铿鍧，皆不受限制。

②甲辰：此处指1964年。

③刘后村：刘克庄（1187—1269），字潜夫，号后村居士，福建莆田人，南宋豪放派诗人。

④剩弦胶柱：胶柱鼓瑟，用胶把柱粘住以后，音调就无从调节。比喻处理事情不知变通，固执拘泥。

⑤衰病又逢佳节至：此句化用了杜甫“万里悲秋常作客，百年多病独登台”诗句。

⑥白衣来送酒：后晋时期，彭泽令陶潜看不惯官场黑暗，辞官归隐。有一年重阳节，因家贫没酒喝，心情烦闷，忽见一个穿白衣的人说奉江州刺史王弘之命前来送酒，陶心中大喜。后来就用“白衣送酒”指朋友正好送来你所渴望的东西。

⑦东篱：语出陶渊明《饮酒》：“采菊东篱下，悠然见南山。”因此“东篱”指的是种菊花的地方，也代指菊花。

【赏析】

此词作于1964年重阳节，正是词人在长春工作时期所作。秋的意象正与中国文人悲秋而感叹人生的落寞心态相契合。重阳更易生别离思亲之感，因而作者此时登山远望，自然唤起异乡羁旅，风雨飘摇之感。张伯驹此时与杜甫之沧桑心态恰合，便生出年老穷途，与肃杀秋色寓意一样的感叹。最后又用“白衣送酒”的典故感叹自己纵使命运改变，也可惜已经年老，如菊花零落，风光不再。

此词上片主要写景，兼有抒情。作者以雄奇的语句营造出“风雨关山黑”的壮景，苍苍莽莽，平沙卷地，为后面的抒情勾勒出一个悲凉、壮阔的情景与氛围。下片主要是抒情，以历史人物的典故，抒发自己的感慨。

附：刘克庄《金缕曲（贺新郎）》

金缕曲（贺新郎）

九日

湛湛长空黑，更那堪、斜风细雨，乱愁如织。老眼平生空四海，赖有高楼百尺。看浩荡、千崖秋色。白发书生神州泪，尽凄凉、不向牛山滴。追往事，去无迹。

少年自负凌云笔。到而今、春华落尽，满怀萧瑟。常恨世人新意少，爱说南朝狂客。把破帽年年拈出。若对黄花孤负酒，怕黄花也笑人岑寂。鸿北去，日西匿。

人月圆[①]（二首）

甲辰[②]中秋

其　一

婵娟千里人千里，人月不同圆。空阶立处，此时两地，各照孤单。

仙槎[③]纵有，广寒难到，无奈张骞[④]。可怜一样，嫦娥心事，碧海青天。

其　二

三千大地山河影，万里现光明。层楼倚处，不知此际，身在边城。

良宵能几，百年易过，更动乡情。笙歌杯酒，蓦然回首，梦里神京。

【注释】

①人月圆：词牌名。创始于宋王诜，因其词中有“人月圆时”句，故名。又名《青衫湿》。双调，48字，有平韵、仄韵两体。

②甲辰：此处指1964年。

③仙槎（chá）：神话中能来往于海上和天河之间的竹木筏。槎，木筏。

④张骞（？—前114）：今陕西城固东人，汉代杰出的外交家、旅行家、探险家。建元二年（前139），张骞出使西域，于长安出发，途中被匈奴扣留，前后达11年，后逃脱。元朔三年（前126）方归汉，武帝授以太中大夫。

【赏析】

此词作于1964年中秋，作者远离北京，时在长春任吉林省博物馆副馆长。虽如此，仍有背井离乡，蛰居异乡之感。恰逢中秋，这是一个寓意团圆的节日，作者心中自然充满思乡之情。但这种思乡之情已经不是单纯的思乡了，而是充满沧桑感的百忧汇集的悲凉心绪了。

在第一首词中，作者远望千里之遥的家乡，纵有仙槎，也难以回去，自己的“广寒”之心，谁能理解，直如悲情充满了“碧海青天”，茫茫无边。这种情感被完全地形象化了。

第二首情绪更加悲凉与广漠。“三千大地山河影”，自己却身在边城一隅，是多么孤独悲哀。然后又说“良宵能几，百年易过”，这是在叹息自己年老，而世事沧桑。“梦里神京”，突然感到只能在梦里回到北京，这是何等伤感。

作者在这两首词中，把思乡之情、孤独情感弥漫于寥廓清寂的天地之中，却又那么自然，在中秋思乡词中，可以说是不多见的。

人　月　圆

中秋日风沙阴曀，在长春

似随万里征人意，不使客思家。迷空作障，青天难见，只见风沙。

嫦娥有药，吴刚有斧，无奈云遮。何当砍去，婆娑桂影，跳出虾蟆。

【赏析】

中秋时节，本应是一轮明月惹人乡思，然而却风沙大作，遮住了月亮，这样使人看不见月亮，也就不思乡了，也好。但作者似乎心有不甘，还是希望砍去阴云风沙，让人看见明月，尽情地抒发那种交织着乡情和亲情的极其深挚的情结。

此词写风沙漫天之景，很有气势。

人　月　圆

中秋日后夜放晴

云罗雾縠[①]边城日，直欲掩金波。秋风作意，吹开天幕，卷上银河。

一轮月出，清光依旧，宝镜重磨。却生乡思，更生离绪，见又如何？

【注释】

①縠（hú）：有皱纹的纱。

【赏析】

这首词，意境清旷，情绪中有欢快，又有愁绪。没有月，想见月，见了月，又生离愁之思。作者的心态就是这样微妙、矛盾。但这种心思，却正反映出月是凝聚着历代文人最浓郁的感情，充满着最为清奇瑰丽之幻想的意象，交织着乡情和亲情的思乡怀人情结。

沁　园　春[①]

和玉谷[②]《题太白山游记》[③]

遥接昆仑[④]，横障关中[⑤]，千里嶙峋。时秋宫[⑥]配位，三原[⑦]作镇，金天挺秀，五岳[⑧]输尊。嶓冢[⑨]扬鬐，伏牛[⑩]掉尾，一线驰驱豫陇秦。连霄壤、看茫茫碧落，滚滚红尘。

为云为雨中分，俯太乙[⑪]、莲花[⑫]难与邻。有凝冰积雪，终年不夏，灵花异药，亘古长春。紫气东来，黄河远上，画地浮天若可扪。何日问，始鸿蒙辟出，造化奇珍。

【注释】

①沁园春：词牌名。东汉窦宪仗势夺取沁水公主园林，后人作诗以咏其事，此调因此得名。又名《寿星明》《洞庭春色》等。双调，114字，平韵。《沁园春》词调格局开张，宜抒壮阔豪迈情感。

②玉谷：陈器伯（1898—1970），字企白，一作器伯，号玉谷，

浙江镇海（今宁波市镇海区）人，著名藏书家、书法家，张伯驹友人。

③《题太白山游记》：张伯驹曾作散文《太白山纪游》，载《春游琐谈》卷三。

④昆仑：昆仑山，中国西部的山脉。古人称昆仑山是中华“龙脉之祖”。

⑤关中：关中地区位于陕西省中部，南倚秦岭山脉，四面都有天然地形屏障。

⑥秋宫：后妃所居宫殿，也称西宫。在这里疑作方位或季节。

⑦三原：位于陕西关中平原中部，因境内有孟侯原、丰原、白鹿原而得名。

⑧五岳：东岳泰山，西岳华山，南岳衡山，北岳恒山，中岳嵩山。

⑨嶓冢：嶓冢山，又名汉王山，呈东西走向，位于陕西省汉中市宁强县境内。

⑩伏牛：伏牛山，河南省西南部山脉，为秦岭的支脉，西北—东南走向。

⑪太乙：终南山主峰名。

⑫莲花：太白山的一座山峰，也是一个著名景点。此地四周的群峰宛如莲花的花瓣，莲花峰居中而立，恰似花蕊。

【赏析】

山水风景多是豪放词的题材，作者多取山水景色，视野开阔，可大笔铺染，产生一种振奋人心的总体气势，具有浪漫色彩，体现出豪放词的阳刚之美。作者的这首词就是描写太白山奇峰林立、云雾缥缈之美景的。

太白山是秦岭山脉主峰，也是青藏高原以东第一高峰，横跨河南、陕西、甘肃等地界，视界极为广阔、雄浑。其地质地貌、山岳冰川、瀑布秀水、森林漫野、奇花异卉、天象景观及人文历史等，构成了完美的景观体系，历来是游览胜地。

太白山又以其巨大的高山落差，形成了动植物明显垂直分布、气温千变万化的特点。

作者在其《太白山纪游》中说："余斯游所得，以太白山之奇奇于黄岳，险险于太华，雄雄于五台，峻峻于峨嵋。其林木之美，草卉之艳，兼有他山之有；积雪灵池，更有他山之无……山居七日，凡阴晴风雨、彩虹绮霞、朝阳夕照、岚光云海，无不毕见……"这一段话，实际上又在此词中以更优美壮阔的诗词语言加以概括和升华了。

此词上下片均可看作写景，而几乎没有单独抒情的句子，然词人之感情已体现在景色的描写和赞美之中了。上片之"遥接昆仑，横障关中，千里嶙峋"，下片之"灵花异药，亘古长春""紫气东来，黄河远上，画地浮天若可扪"，都是描绘山水风景和抒发情感的佳句。

浪淘沙

题玉谷燕子矶[1]造像。和玉谷

江水六朝还，卷起层澜。寒潮日夜接长干。天上浮云波底影，对此相看。

往事只空淡，悲恨无端。兴亡过眼乱如滩。细雨斜风来又去，不放渔竿。

【注释】

①燕子矶：长江三大名矶之一，位于南京市主城区北郊观音门外。山石直立江上，三面临空，形似燕子展翅欲飞。

【赏析】

燕子矶是游览名胜之一，登上燕子矶头，看滚滚长江，浩浩荡荡，一泻千里，蔚为壮观。举目远望，江天一色，风帆片片，这里曾是六朝古都。清康熙、乾隆二帝下江南时，均在此停留，乾隆还在此书有“燕子矶”碑。这一切都引起了作者的怀古之情，于是为玉谷先生在燕子矶拍的照片题了这首词。其感情仍是历史兴亡之叹。上片语言颇为豪壮，但结尾一句“细雨斜风来又去”与浩大之景形成鲜明对照，却又极为和谐，不愧为此词之妙笔。

水调歌头[①]

乙巳中秋寄钟美北京

人亦有新旧，月亦有亏盈。百年瞬息一梦，此日未能醒。依是青天碧海，屡换红颜白发，尘世几曾经。杯酒酹佳节，歌管沸神京。

今夕事，人不在，月还明。师师[②]灯火门巷，忍忆汴梁城，更看长安棋局，多少贞元[③]朝士，只剩草青青。惟我与君耳，萍梗寄余生。

【注释】

①水调歌头：词牌名，又名《元会曲》《凯歌》《台城游》等。双调，95字，平韵。宋人于上下片中的两个六字句，多兼押仄韵。也有句句通押同部平仄声韵的。此词原称《水调子》，或称《新水调》，是唐玄宗时所流行的曲调，又叫大曲。大曲由散曲、中序、入破三部分组成，而“歌头”即为中序的第一章，故称“水调歌头”。

②师师：即李师师。见《长亭怨慢》（记前梦、鸿泥花絮）注释④。

③贞元：唐德宗李适的年号（785—805），共计21年。

【赏析】

作者几乎每年中秋都有词作。月有阴晴圆缺，人有悲欢离合，自然有诸多感慨，更何况词人是于1957年被划为右派后，随夫人去东北的，幸被安排在吉林省博物馆工作。远离故土，难免有人生漂泊之感。

这首词上片写人生感慨，直接抒情，由明月盈亏想到人事代谢，自然永恒而人生如梦，不由心生悲凉。由观月到兴感，感情发展自然。

下片写与故人的情谊，写眼下的物是人非、历史的今古变迁、时局的频繁变换、故交的萧疏零落，最后又写自己和朋友的身世浮沉、相互慰藉。可谓感慨万千，下笔纵横捭阖，酣畅淋漓，情感表达一气贯之，毫无局促生硬之感，颇有苏轼《水调歌头》之词风。

水调歌头

寄玉言北京、晋斋天津①

回首已成梦，此夜展春园②。四外无声无影，只有水潺湲。烂醉不须杯盏，狂舞不须箫鼓，心境两清寒。人籁③答天籁，天上即人间。

地全非，时亦换，月犹圆。五国城头④笳角，何计验刀环⑤。长念周郎⑥顾曲，更念孙郎⑦作赋，对影忆当年。昔日看今日，渐到夕阳边。

【注释】

①寄玉言北京、晋斋天津：玉言，指周汝昌（1918—2012），字玉言，号敏庵，《红楼梦》研究专家，词人，张伯驹友人；晋斋，指孙正刚（1919—1980），字晋斋，天津人，著有《词学新探》，曾任天津教育学院讲师，张伯驹友人。

②展春园：又名西郊承泽园。作者曾因购得隋展子虔《游春

图》，自号春游主人，又与词友结展春词社。

③籁（lài）：泛指声音。

④五国城头：五国城，遗址又称坐井观天遗址，位于黑龙江省依兰县城西北部，建于辽，为辽、金、元时军事重地，属黄龙府署司。

⑤刀环：一种专供拆裁信封的小刀，代指书信。

⑥周郎：三国时吴军统帅周瑜，被拜为大将军时才24岁，吴皆呼为周郎。

⑦孙郎：三国时吴国大帝孙权，字仲谋。他曾建立吴国，并打败来自北方的曹操军队。

【赏析】

这是怀念友人的抒情词。上片写夜深人静之时，万籁俱寂，周遭清寒逼人，作者不由想起了与友人昔日结成展春词社时的热闹场面。而今展春词社已成旧梦，人皆散去，故此心寒，心潮起伏，思绪万端，满腹离愁。虽无饮酒烂醉，亦无鼓声激励，但同样感慨万分，心绪难平，不能自已。

下片抒情，写自己晚年时离京，供职于长春，独在异乡为异客，想起青年时代的雄心壮志，常以周郎、孙权自比，而今人已年老，又时值“文化大革命”期间，国家在混乱中，个人亦难有作为，真是心力交瘁，“渐到夕阳边”，不禁悲从中来。

这首词写的是怀念友人的离愁，把对朋友的思念之情表达得深刻细腻，生动传神，使人“魂销意尽”，具有很强的感染力。同时，此词虽写离愁，却尽去小儿女之态，充满了慷慨和豪情，豪壮中又见悲凉，读之令人动心。这首词多用三字句式和对偶句、排比句，使得全篇格局开合动荡，摇曳生姿，一股气势贯通全篇，足以抒发胸中的豪情与悲愁。

水调歌头

寄梦碧、牧石、机峰[①]天津

今古一明月，知过几中秋。长圆总不如镜、如玦[②]更如钩。我欲问天不语，天亦阴晴难定，此事向谁谋。天上与人世，同是等浮沤[③]。

聚词侣，摇烛影，忆前游。犹余垂老青眼[④]，交结少年流。燕赵悲歌慷慨，夕照金台骏骨[⑤]，刮目看骅骝[⑥]。何得二三子，把酒共吟酬。

【注释】

①梦碧、牧石、机峰：寇梦碧（1917—1990），字泰逢，号梦碧，天津人，被称为“一代词家”，张伯驹友人；张牧石（1928—2011），字介庵，号邱圆，天津人，善书法、篆刻、倚声诸艺，张伯驹友人；陈机峰，天津人，昆曲专家，张伯驹友人。

②玦（jué）：古时佩戴的有缺口的环形玉器。

③浮沤：水面上的泡沫，因其易生易灭，常比喻变化无常的世事和短暂的生命。

④青眼：青眼看人表示对人的喜爱和重视。

⑤金台骏骨：典出《战国策·燕策一》。燕昭王要招揽贤才，郭隗喻以故事：从前有国君欲以千金求千里马，三年未得。有人花五百金买一死千里马的头呈给国君，国君大怒，此人对曰："死马且买之五百金，况生马乎？天下必以王为能市马，马今至矣！"不久国君果然得到三匹千里马。后因以买骏骨为求贤若渴之典。

⑥骅骝：红色的骏马，周穆王"八骏"之一，后泛指骏马。

【赏析】

此词上片化用宋苏轼词《水调歌头》（明月几时有）之意，表达了人生短暂，希望朋友间保持美好的情义；下片是回忆与梦碧、牧石、机峰等友人一起聚会的欢乐情景，并说他们是真正的互相了解的贤人知己，是具有燕赵侠义之风的朋友。

此词巧妙地化用了苏轼词意，借而突显了他和朋友之间的友谊，以及他对这种真诚友谊的珍视和向往。

鹧　鸪　天

雁塔①

曾是高标矗盛唐，僧亡香灭锁空房。鸟音似唪②多心偈③，萤火还疑舍利④光。

听淅淅，视茫茫，惊风无往渭流⑤长。西来秋色今如昔，不见五陵气郁苍。

【注释】

①雁塔：大雁塔，又名大慈恩寺塔。唐高宗永徽三年（652），玄奘法师为供奉从印度带回的佛像、舍利和梵文经典，在慈恩寺的西塔院建起一座五层砖塔，其后数次改建。大雁塔通高64.7米，为四方形砖塔，造型简洁、气势雄伟，是我国佛教建筑艺术中不可多得的杰作。

②唪（fěng）：大声吟诵。

③偈（jì）：佛经中的唱词。

④舍利：指佛教祖师释迦牟尼佛圆寂火化后留下的遗骨和珠状宝

石样生成物。舍利子有的像珍珠，有的像玛瑙、水晶，有的光彩照人，像钻石一般。

⑤渭流：渭水，一称渭河，黄河最大支流，在陕西省中部。唐杜牧《阿房宫赋》有“渭流涨腻，弃脂水也”句。

【赏析】

本词为怀古以伤时的忧世之作。词作追忆盛唐时期大雁塔的雄伟和烟火繁盛的升平气象，感慨世事沧桑，如今僧亡香灭，一片萧索的气氛。这当然与当时的政治环境有关，“文化大革命”中全国各地文物遭到严重破坏，大雁塔呈现出一派破败萧条景象，是自然的事。词人面对这一切，难免发出吊古伤今的慨叹。本词特色为情景交融，通篇一气盘旋，有波涛起伏之感，充满叹息今古的激荡情感，发人深思，音韵铿锵有力，气势不凡。

浣溪沙（四首）

将有鸡塞[①]之行，题《秋风别意图》

其　一

野草闲花半夕阳，旧时人散郁金堂[②]。如今只剩燕双双。

明月仍留桃叶渡[③]，春风不过牡丹江。夜来有梦怕还乡。

其　二

马后马前判暖寒，一重关似百重关。雪花飞不到长安。

极目塞榆[④]连渤海，回头亭杏望燕山[⑤]，归心争羡雁先还。

其　三

自把金尊劝酒频，骊歌[6]一曲镇销魂。回思万事乱纷纷。

镜里相看仍故我，人间那信有长春。柳绵如雪对朝云。

其　四

时盼南云到雁鸿，还将离恨寄重重。孟婆[7]何日转东风。

万里边关鸡塞远，百年世事蜃楼空。天涯人影月明中。

【注释】

①鸡塞：鸡鹿塞，《汉书·匈奴传》中有“送单于出朔方鸡鹿塞”句。在这里泛指东北边关。

②郁金堂：泛指女子芳香高雅的居室。唐沈佺期《古意》：“卢家少妇郁金堂，海燕双栖玳瑁梁。”

③桃叶渡：见《西河》（形胜地）注释④。

④塞榆：泛指东北边塞。

⑤亭杏望燕山：宋徽宗在被掳北行途中，忽见杏花盛开如火，便写下词《燕山亭·北行见杏花》，抒写本国沦亡之悲慨。

⑥骊歌：告别的歌。唐李縠（hú）《浙东罢府西归酬别张广文皮先辈陆秀才》：“相逢只恨相知晚，一曲骊歌又几年。”

⑦孟婆：中国古代传说中的人物，常住地狱的奈何桥边，是地府中掌管将生魂抹去记忆的阴使。

【赏析】

张伯驹在被打成右派 4 年后的 1961 年 10 月，随妻子潘素赴东北。然此次离京远赴北国，实为万不得已之事。于是，出关之前，就《秋风别意图》的画意，抒发自己出塞前的悲伤：“旧时人散郁金堂。如今只剩燕双双”“春风不过牡丹江。夜来有梦怕还乡”“时盼南云到雁鸿，还将离恨寄重重”。这四首词，词意黯淡惨伤，足见他出关时的心情。特别是“其二”一首，上片句句都有双关含义。“马后马前”明指远行的路途，暗指他因《马思远》一戏遭难的前前后后；“一重关”明指过“山海关”，暗指过政治运动关的种种不测，好似“百重关”；“雪花”句明写吉林的雪花飞不到北京，暗指自己蒙冤而不能昭雪。下片眺望榆关，回想京华。为何刚刚离京，就那样归心似箭，羡慕大雁先还呢？可知他人去心不去，为保护传统文化而遭到打击，心中不服，郁气难平。带着不白之冤离开北京，他是不甘心的。这种有志不能申的幽怨情怀，在那个时代的知识分子中，可以说是具有代表性的。

这四首词风格凄恻伤感，语句饱含沉郁哀伤的感情，富有感染力，余韵悠然。

人 月 圆

辛丑中秋，同潘素访友，步月归家

玉街踏去疑空水，双影似双鱼。冰壶澄澈，纤尘俱净，万象清虚。

明年何地？家中客里，不改欢娱。无边人世，光明到处，皆是吾庐。

【赏析】

词序中的“辛丑”指1961年，这一年张伯驹随潘素去吉林，此词当作于赴东北之前的中秋。上片写夫妇在月光下的情景，如梦如幻，如同仙境，令人忘却尘世的一切烦恼和庸俗，灵魂和爱情都得到了升华。下片是说还不知到东北之后的情形，但无论如何漂泊，无边人世，只要有光明在，只要有信念在，只要夫妇相伴，就处处是家。全词充满了乐观精神，令人感到人生信念的美好。

定　风　波①

辛丑除夕②，与诸词友守岁

辽海归来雪满身，相逢容易倍相亲。灯外镜中仍故我，炉火，夜阑灰尽酒犹温。

明岁天涯应更远，肠断，春来不是故园春。几点寒梅还依傍，才放，也难留住出关人。

【注释】

①定风波：唐教坊曲名，后用为词牌。又名《卷春空》《定风波令》《醉琼枝》等。以欧阳炯词《定风波》（暖日闲窗映碧纱）为正体。双调，62字，平韵仄韵互用。

②辛丑除夕：1961年，农历为辛丑年，但辛丑除夕在1962年初。此时，张伯驹偕夫人潘素由吉林返回北京过春节。

【赏析】

词人除夕之时回到北京自己的家，但感到北京已没有自己的家，春节后仍须返回东北，所以，“春来不是故园春”了。尽管旧日的几点寒梅还在开放，但也难以留住出关人了。这首词文字优美，音韵婉转和谐，而情意悲苦，颇耐寻味。

临　江　仙

壬寅[1]元宵和正刚

依恋人辞昨岁，团圆月始今宵。东风重上小梅梢。江山新气象，诗酒旧英豪。

玉漏夜催晓箭，金波寒压香醪[2]。分离明日又魂销。残春愁里过，细雨梦中遥。

【注释】

①壬寅：此处指1962年。

②香醪（láo）：味道纯正的酒。

【赏析】

此词作于1962年元宵节，当时作者刚去长春不久，又回北京度岁，心中正有一种远离家乡，流落关外，再回家中的无限感慨。但作者知道，元宵节以后还要回到长春，所以又倍感伤情，“残春愁里过，细雨梦中遥”就是这种心绪的反映。词作中也有对岁月更新，新春又到的欣喜，所以说“东风重上小梅梢”“江山新气象”。其思想情感是喜中有忧，不胜感慨，词意婉丽。

鹧　鸪　天

壬寅除夕[1]，同娄生、钟美、慧远[2]守岁。

不怕黄莺枝上啼[3]，征人新返自辽西。漏声夜短情无尽，花信春多老更迷。

欣再见，忍相离，与君一醉醉如泥。今年梦了明年梦，万事从头共曙鸡[4]。

【注释】

①壬寅除夕：1962 年，农历为壬寅年，但壬寅除夕在 1963 年初。

②娄生、钟美、慧远：娄生，即黄复（1890—1963），字娄生，曾任北京市文献研究会秘书长，1951 年被聘为中央文史研究馆馆员；钟美，即萧劳（1896—1996），字钟美，诗人、书法家，1986 年被聘为中央文史研究馆馆员；慧远，此人生平不详。

③不怕黄莺枝上啼：化用唐金昌绪《春怨》："打起黄莺儿，莫教枝上啼。啼时惊妾梦，不得到辽西。"

④曙鸡：指报晓的鸡啼声。唐诗人唐彦谦《夜蝉》：“羁人此夕如三岁，不整寒衾待曙鸡。”

【赏析】

此词写得很有趣味，化用了金昌绪的《春怨》，意思是我和夫人在一起呢，除夕守岁，不用打起黄莺儿了。同时，此次是从东北长春回到北京家中过年，长春一带也可称为“辽西”。词人在此引用此词，颇有打趣的意思，接下来是说“万事从头共曙鸡”，充满着对未来的希望。此词意蕴欢快，构思新巧，独具特色。

浣　溪　沙

癸卯[1]清明

陌上东风簸纸钱，余灰野烧起青烟。故乡何处有坟园。

无草无花寒食路，半明半暗夕阳天。自沽薄酒市楼前。

【注释】

①癸卯：此处指 1963 年。

【赏析】

这首词为 1963 年清明节时在长春所作。词人家乡在中原河南，但北方还冷，所以说“无草无花寒食路”。此词是即景抒情，景色昏暗凄迷，情感阴郁悲凉，充满想去故园祭扫先人而不得的无奈心情。

蝶　恋　花[①]

开遍碧桃花满树，客里相逢，翠柳红楼住。片晌欢娱曾记处，枕边一夜廉纤雨。

旧事迷离重问汝，雾似烟非，隔梦成今古。春去春来春又去，天涯已是人迟暮。

【注释】

①蝶恋花：词牌名，本名《鹊踏枝》，又名《凤栖梧》《卷珠帘》等。双调，60字，仄韵。

【赏析】

这首词在《张伯驹词集·春游词》中未载，仅见于张伯驹《自书春游词册》，页间还夹有纸条云："开遍碧桃一阕，是说与潘素在苏州事，已将三十年矣。"

张伯驹与潘素自于苏州结婚，近30年来，几乎从未分离。昔日才子佳人，神仙眷侣；今日形影相随，患难夫妻。前尘近事，回忆起来，既欣慰又无限感慨。这首词风情旖旎，词妙意深，似信手写来，浑然天成。

蝶 恋 花

玉枕懵腾①春半醒，独自无聊，比似厌厌病。乍暖还寒池院静，小楼一夜开红杏。

鱼雁②不来音信梗③，妒杀雕梁，燕子双双并。残雨未收风未定，迷离人立帘中影。

【注释】

①懵（měng）腾：迷迷糊糊、半睡半醒的样子。懵，糊涂；腾，上升、飞腾。

②鱼雁：古人有“鱼雁传书”之说，鱼雁代指书信。

③梗：阻塞。

【赏析】

这是一首闺怨词，描写春夜寂寞环境中的一位多愁善感的美人，因思念丈夫而心神不定，难以安眠，惆怅无聊的情状。上片写春寒之夜庭院深沉空寂，美人独自无聊，一夜半眠半醒，犹似恹恹病态，读后令人愁情萦绕。可喜的是，如此懒散死寂的氛围里，竟然“小楼一夜开红杏”。这真是神来之笔，精神顿生，给人以惊喜和希望。整个画面活泼起来，恹恹病态的少妇也一下子动人可爱起来。此一句，极富情趣，表现出词人细致敏锐的观察力和新颖的构思能力。

下片进一步展开叙述少妇惆怅渴盼的原因，原来是“鱼雁不来音信梗”“妒杀雕梁，燕子双双并”，少妇嫉妒双双并立的燕子，可见其对恋情的执着和对美好爱情的羡慕与追求。这一句既形象又深刻生动，逼真婉转地刻画出少妇的极度伤神之态。结句自然，画面迷离动人，与上片呼应，自是一番景色，一番愁绪。情在景中，不言愁而愁自在，不言恨而恨自生，含蓄深远，意犹未尽。此词语句清丽，意旨缠绵，音韵圆转和谐。

风　入　松

题《黄叶村[1]著书图》

斜阳衰草暮云昏，黄叶旧时村。东风已了繁华事，忍回头、紫陌红尘。砚水滴残心血，笔花幻出灵魂。

非烟似霰总无痕，知己几钗颦[2]。是真是假都疑梦，借后身、来说前身。剩有未干眼泪，痴迷多少情人。

【注释】

①黄叶村：据传是《红楼梦》作者曹雪芹晚年居住的地方，位于北京市海淀区四季青乡正白旗村。

②钗颦：曹雪芹在《红楼梦》中的习惯用语，钗颦一般指薛宝钗、林黛玉，这里是泛指《红楼梦》中的姑娘、丫环。

【赏析】

在张伯驹的词作中，有多首咏《红楼梦》的词，这首词是其中之一。著名学者、红学家冯其庸先生曾说：“伯老所填有关《红楼梦》的词，情真意切，而有些话是词意双关，既是咏红咏曹，也关联着自己的心声……面对着《红楼梦》的悲剧情节，面对着曹雪芹的绝世文采，面对着传说中的曹雪芹遗迹，能不发生共鸣吗？”

这一段话正说明了张伯驹这首《风入松》（斜阳衰草暮云昏）所流露出来的思想情感。

上片写黄叶村经历风雨沧桑之后的外景，以及曹雪芹著书历尽艰辛的心血情感，“砚水滴残心血，笔花幻出灵魂”。下片是写《红楼梦》一书的寄意与情感，以及对读者心灵的震撼与启发。“是真是假都疑梦，借后身、来说前身。”无论《红楼梦》的情节是真是假，都反映了那个时代的社会现象与本质。同时，这本书是可以当作曹雪芹的纪实自传体作品来看待的。

全词写景摹状，融情传意，借景传情，不同时空的画面切换，做到了虚实交映，以实写虚，转接无迹，意象连绵，情愁满纸，刻画得深刻而有韵致。

燕　山　亭[①]

长春客邸见杏花。和道君[②]

楼外香融，初见一枝，淡粉浓脂凝注。碧玉盈盈，乍着新妆，羞怯倚门娇女。恨在天涯，恁禁得、黄昏残雨。离苦，忆别后旸台[③]，几经春暮。

相对惟有斜阳，但独自凭阑，口[④]口无语。青骢[⑤]紫陌，侧帽垂鞭，忍思旧时游处。倒转东风，还欲倩、梦婆[⑥]吹去。难据，断肠句、伤心怕做。

【注释】

①燕山亭：词牌名，一作《宴山亭》，以宋徽宗赵佶《燕山亭·北行见杏花》为正体。双调，99字，上片11句五仄韵，下片10句五仄韵。

②和道君：道君即宋徽宗赵佶。张伯驹这首词是赵佶《燕山

亭·北行见杏花》的和作。

③旸台：即阳台山，位于北京市海淀区和门头沟区的分界线上。山上林木茂密，分布着许多名胜古迹。

④口："围"的古字。

⑤骢（cōng）：毛色青白相间的马。

⑥梦婆：春梦婆。宋苏轼有"换扇惟逢春梦婆"的诗句。传说苏轼贬官昌化时，曾负一大瓢在田间且行且歌。路遇一老妇，她对苏轼说道："内翰昔日富贵，一场春梦。"苏轼深以为然。乡人从此就叫这老妇春梦婆（见宋赵令畤《侯鲭录》卷七）。后以"春梦婆"感叹人生富贵无常、世事变化难测，各代诗词作品中多有引用。亦作"春婆"。

【赏析】

宋徽宗的词《燕山亭·北行见杏花》，是他被掳后北行途中见杏花而托物兴感之作。在这首词中，他以美丽绝世的杏花被无情风雨摧折而凋零，来比喻自己一旦归为臣虏，横遭蹂躏的不幸命运。并用委婉曲折的笔法倾诉了对故国山河的无限眷念。词情真挚动人。

张伯驹这首词注明是"长春客邸见杏花。和道君"，也是因见杏花而作，同时感情上也和宋徽宗的词有类似之处。因为张伯驹于1957年被划成右派后，失去工作，直到1961年随夫人潘素到了东北长春，所以也有被贬谪而流落塞外之感。他在《春游词》序中即说："词人先我而来者，有道君皇帝、吴汉槎。穷边绝塞，地有山川，时无春夏。恨士流人，易生离别之思，友情之感，亦有助于词境。"

张伯驹这首词主要是抒发出关以后在东北的愁苦心情。这首词上片描绘杏花，用笔细腻、形象，对它的外形和神态都作了新颖美妙的刻画，写出了杏花水灵灵的娇美和柔嫩。接着笔锋一转，又担心杏花怎禁得风雨的摧残，由此暗示作者的自身遭遇，不仅是写花，也是在写人。在古典诗词中，作者咏物，很少止于描写物态，多半有所比喻，有所寄托。下片词意完全转到自身，回忆自己青年时诗酒豪纵、裘马轻狂的生活，以及自己一生从事文艺活动，为收藏文物而一掷千金，不惜倾家荡产的壮举，联想到目前的处境，不禁伤心至极，最后连词也怕作了，因为作起来都是“断肠句”。风格低抑幽婉，沉咽悲凉，充分表达了欲吞还吐的思绪和语言。

此词句式特点是长短相交，错落有致，以较短的句式为主，读起来有急促、顿挫的感觉。此词仄声韵，宜于表达抑塞磊落、沉郁哀痛、欲吞还吐的情感。此词具有很高的艺术价值，堪称优秀之作。

附：赵佶《燕山亭》

燕　山　亭

北行见杏花

裁剪冰绡，轻叠数重，淡着胭脂匀注。新样靓妆，艳溢香融，羞杀蕊珠宫女。易得凋零，更多少无情风雨。愁苦。问院落凄凉，几番春暮。

凭寄离恨重重，这双燕，何曾会人言语。天遥地远，万水千山，知他故宫何处。怎不思量，除梦里有时曾去。无据。和梦也新来不做。

蝶　恋　花

自嘲

马上琵琶斜抱斗①，怨曲声声，弹出边关口。背后桃花冢更后。穷荒万里天涯又。

头白乌头归已叟，何日春婆②，倒转东风首。季子道君③师并友，我来却愧称词手。

【注释】

①马上琵琶斜抱斗：指昭君出塞。王昭君，原为汉宫宫女。公元前33年，匈奴呼韩邪单于朝觐天子，并向汉元帝自请为婿。元帝遂选宫女昭君赐予他。王昭君在汉朝和匈奴官员的护送下，骑着马，带上她心爱的琵琶，冒着塞外刺骨的寒风，来到匈奴地域。昭君死后葬在大青山，昭君墓即青冢。

②春婆：见《燕山亭》（楼外香融）注释⑥。

③季子道君：季子，指吴兆骞（1631—1684），字汉槎，号季子，清初诗人，吴江（今江苏省苏州市吴江区）人。1657年（顺治

十四年）科场案，无辜遭累，遣戍宁古塔23年，后经纳兰性德等人相助，得以赎还。其诗作慷慨悲凉，独奏边音，因有“边塞诗人”之誉。道君，指宋徽宗赵佶（1082—1135），宋朝第八位皇帝，别称道君皇帝、昏德公。国亡被俘，被关押于韩州（今辽宁省昌图县），后被迁到五国城（今黑龙江省依兰县）囚禁。囚禁期间，写下许多悔恨、凄凉、哀怨的诗句，如“彻夜西风撼破扉，萧条孤馆一灯微。家山回首三千里，目断天南无雁飞”。

【赏析】

自嘲是一种悠然、看淡苦难而乐观的心态。在这首词中，词人用王昭君、吴汉槎、宋徽宗的典故以自比晚年出关的命运，感叹人生富贵无常；引汉槎、道君为师友，但又自嘲愧称诗人称号。全词韵律流畅、自然、轻松，诙谐的语言中透露出无奈的感叹。

临　江　仙

咏迎春花①

廿四番风花信②，三千大地春光。暖风淑气丽朝阳。黄金开锁碎，彩线引悠飏③。

高柳未舒腊意，小梅才试新妆④。岁寒清供倚华堂。绿尊斟潋滟，红烛映辉煌。

【注释】

①迎春花：别名迎春、黄素馨、金腰带，落叶灌木，丛生，呈纷披状。花先于叶开放，有清香，金黄色，外染红晕。花期在2—4月，因其在百花之中开花最早，花后即迎来百花齐放的春天而得名。

②廿四番风花信：花信风，又称为“廿四风”，是迎花期而来的风，是中国节气用语。

③悠飏（yáng）：飞翔的样子。飏，是“扬”的古字，风所飞扬也。

④小梅才试新妆：迎春花与梅花、水仙、山茶花并称为“雪中

四友”，同期开放。

【赏析】

这首词以咏迎春花，抒发了对春天来临的喜悦心情。全词写得细腻、清雅。“黄金开锁碎，彩线引悠飏”，生动地描绘出迎春花端庄秀丽的形象与优雅非凡的气质，栩栩如生。同时也赞扬了梅花初开犹似“新妆”的可爱形象。最后，词人不禁高兴地对花饮起酒来。

浣　溪　沙

出关后，家无能养花者。腊尽归来，盆梅只一花一蕊，憔悴堪怜，词以慰之

去后寒斋案积尘，庭除依是雪如银。小梅憔悴可怜人。

半笑半啼应有恨，一花一蕊不成春。那堪吹笛为招魂。

【赏析】

案上积尘，庭院积雪，盆梅也只剩一花一蕊，词意凄清冷落。词所慰藉的看似是憔悴堪怜的小梅，但实际上就是张伯驹自己。他在另一首《眼儿媚》里说："情深千尺，怜春是我，我是谁怜？"这些话，椎心泣血，可谓一字一泪，读之令人动容。本词描写内心感受缜密、凄婉，语言跌宕，流畅优美，对仗工整、俏皮，是张伯驹词风的典型作品。

鹧　鸪　天

癸卯除夕①

雨雪霏霏隔岁深，百年此夕促光阴。饱经世事梦催梦，痴望人情心换心。

诗共咏，酒重斟，一时一刻亦千金。浮生不必分真假，似醉如醒直到今。

【注释】

①癸卯除夕：1963 年，农历为癸卯年，但癸卯除夕在 1964 年初。

【赏析】

这是一首咏怀诗，是逢除夕感怀一生的咏叹之作，感慨自己一生如梦如幻，饱经磨难，幸亏有老伴相濡以沫，心心相印。下片有糊涂难得之意，也是一种自嘲。

庆　宫　春[①]

甲辰元旦。[②]和清真[③]

日月依然，江山无恙，白头羞对春城[④]。凤烛烧残，雄鸡唱彻，更听一片歌声。旧人新世，却惊似、天边曙星。岁来年去，生别死离，长是牵萦。

良俦[⑤]此际逢迎，聊同欢笑，莫问飘零。衰柳心怀，落花魂梦，总幸日好时清。文章龙首[⑥]，算论价、高低不成。眼前恩怨，未了缠绵，只为多情。

【注释】

①庆宫春：词牌名，又名《庆春宫》，以周邦彦《庆宫春》（云接平冈）为正体。双调，102 字，上片 11 句四平韵，下片 11 句五平韵。

②甲辰元旦：此处指 1964 年元旦。

③和清真：此词和周邦彦词《庆宫春》（云接平冈）。周邦彦词描写游子行旅别离之情，上片就旅途即景生情，下片就离思极力追忆，具有自嘲意味。

④春城：指长春。

⑤俦：有终身伴侣、老友、世交等意。

⑥文章龙首：比喻极为优秀的文章，堪称第一。由“文心雕龙”引申而来。

【赏析】

此词借元旦年尾岁首之际，回顾自己一生大起大落、苦乐兼备、命途多舛的遭遇，有感而发，感慨万千。

上片写在一年辞旧迎新之际，与朋友燃烛夜话，直至次日天晓之时。“岁来年去，生别死离，长是牵萦。”意思是回顾自己一生的风雨人生路，惊心动魄，铭心刻骨，有着太深的感慨和庆幸。

下片是说自己的一生一事无成，蹉跎岁月，辜负了大好时光。“文章龙首，算论价、高低不成”这几句有自嘲意味：人家都说我是词人，在词坛位居榜首，但自己看来，实在是高低不成，眼高手低罢了。最后几句说到与老伴潘素的爱情，他心里实为欣慰，认为他们是恩爱夫妻，缠绵情感。可却要说“只为多情”，这是自嘲，也是向人炫耀，调侃，颇有幽默而自得的意味，让人羡慕。作者为什么最后强调这些呢？实为周邦彦词中有“眼波传意，恨密约、匆匆未成。许多烦恼，只为当时，一饷留情”数语，是写其和一位歌女一段美好恋情的迅速破灭。所以，张伯驹有意用自己和爱人一生的“多情”与周邦彦词形成对照。

张伯驹此词语言活泼，形神兼备，以自嘲的口吻表明了对生活的热爱与乐观的态度，具有很强的艺术感染力。

附：周邦彦《庆宫春》

庆 宫 春

云接平冈，山围寒野，路回渐转孤城。衰柳啼鸦，惊风驱雁，动人一片秋声。倦途休驾，淡烟里、微茫见星。尘埃憔悴，生怕黄昏，离思牵萦。

华堂旧日逢迎。花艳参差，香雾飘零。弦管当头，偏怜娇凤，夜深簧暖笙清。眼波传意，恨密约、匆匆未成。许多烦恼，只为当时，一饷留情。

鹧　鸪　天

看杏花作

楼外杏花粉作堆，早时含蕊午时开。为因客里多情意，一日相看须几回。

频按曲，独倾杯，惭无小宋尚书[1]才。当年未预琼林宴[2]，曾是金鞭走马[3]来。

【注释】

①小宋尚书：宋祁（998—1061），字子京，宋仁宗天圣初举进士，曾任工部尚书。其词有“红杏枝头春意闹”之句，人称“红杏尚书”。因其兄也是同榜进士，故又称“小宋”。

②琼林宴：北宋太平兴国八年（983）起，天子于琼林苑赐宴新进士，故称。政和二年（1112），改宴于辟雍，复称“闻喜宴”。

③金鞭走马：指作者年轻时曾从戎，任陕西督军署参议兼驻京代表一职。

【赏析】

张伯驹一生爱花，尤其爱杏花、海棠花等。他曾说：“癫狂不是余年事，即在童时已爱花。”此词就描绘了他欣赏杏花时的喜悦心情：“一日相看须几回。”由此想到宋祁词中“红杏枝头春意闹”一句，感慨此句成为咏杏花的千古名句。接着以幽默的口吻说“惭无小宋尚书才”，虽然自己不曾有过“进士”一样的学历，但也曾金鞭走马，有过从戎经历。全词轻快活泼，情感突出逼真。

浣　溪　沙

去腊病梅复活，盛开，词以张之

雪满征衣数客程，归来喜见此轻盈。清姿瘦影倚寒灯。

相对相怜知有意，半开半敛若含情。旧时明月认前生。①

【注释】

①旧时明月认前生：此句含意即宋诗人林逋咏梅诗句“疏影横斜水清浅，暗香浮动月黄昏”。

【赏析】

张伯驹一生爱梅，以此寄托自己淡泊名利、清高脱俗的情操。今日从东北归来，看到去年的病梅复活，自是十分欣喜。词人把梅花人格化了，似乎和梅花早成了“相对相怜知有意”的情人知己。“清姿瘦影倚寒灯”一句，写梅的风姿十分传神，意境清幽空灵。这也是词人不染尘俗、孤高幽逸的思想情趣的表现。“半开半敛若含情”，极写梅花的美丽动人和含情脉脉而又羞涩的样子，反映出词人对梅花情有独钟，直似亲近的情人。最后一句暗指梅花还是那样“暗香浮动月黄昏”的高雅，难道是千年以来的梅花仙子吗？

鹧鸪天（四首选三）

甲辰除夕[①]

其　一

帘影参差竹影斜，背灯无语对梅花。归来几日家如客，漂泊频年客似家。

风雪急，路途赊[②]，催人抵死又天涯。故交此日还谁在，忍傍孤尊恋岁华。

其　二

新雨无多旧雨[③]离，未成欢乐只成悲。倦游已倦思归日，好梦虽长近醒时。

灯焰短，漏声迟，残香欲尽篆烟[④]迷。今宵渐是前生事，明日茫茫更不知。

其　三

尘海无边梦作澜，今年梦醒又明年。心非满处生常苦，情未终时死亦难。

新岁月，旧江山，断肠怕到好花天。眼前伤别伤春事，也替人怜也自怜。

【注释】

①甲辰除夕：1964 年为农历甲辰年，张伯驹时任吉林省博物馆第一副馆长。甲辰除夕在 1965 年初，张伯驹时从吉林返京过春节。

②赊（shē）：远。

③旧雨：指旧友、老友。

④篆烟：指盘香的烟缕。宋词《海棠春》："翠被晓寒轻，宝篆沉烟袅。"

【赏析】

20 世纪 60 年代初，张伯驹离京到吉林任职，除夕之时，才回到北京，所以有"频年漂泊"的感觉。本来是家中的主人，偶然归来仿佛是客人似的陌生，"家如客""客似家"的位置颠倒，深刻地道出了作者漂泊在外，天涯归来，分外孤独凄惶的人生况味，增强了感情的渲染。全词低回哀婉，音韵和谐，一往情深。

鹧　鸪　天

闷倚阑干似醉中，难将心事诉春风。高低芳草连天碧，平远斜阳卧地红。

山叠叠，水重重，玉鳞①不寄锦书通。相思来往如飞燕，一向西时一向东②。

【注释】

①玉鳞：指书信。典出《乐府诗集·相和歌辞十三》："客从远方来，遗我双鲤鱼。呼儿烹鲤鱼，中有尺素书。"

②一向西时一向东：词人家在北京，而在吉林任职，所以说一东一西。

【赏析】

作者客居长春，在春暖花开的季节里登高望远，既被眼前气象宏阔的春景所陶醉，又引起思乡愁情。上下片均将写景和抒情融合在一起，语言轻快缠绵，情调既婉约又哀愁，刻画心理极为逼真、婉转。

“相思来往如飞燕，一向西时一向东”，角度一变，设想夫人也在苦苦地思念着自己，更加深了词情的厚度。“高低芳草连天碧，平远斜阳卧地红”，对仗工整，内涵与意境广阔而壮美，巧妙地概括了春天、远山、芳草、夕阳的特色。这种修辞手法具有工整对称的形式美、言简意赅的精练美、抑扬对应的音乐美，不但可扩大词意的容量，而且能引起读者联想的飞跃，拓展诗词的意味，使整首词因对仗而增强了感染力。

浣 溪 沙

花朝[1]前一日，题自画梅花

省识[2]前身玉女魂，偶然迁谪下凡尘。群芳尽是后来春。

西阁无缘拈彩笔，东风有意祝花神。一生只妒姓林人。[3]

【注释】

①花朝：花朝节简称“花朝”，俗称“花神节”“百花生日”，汉族传统节日。一般以农历二月初二、二月十二或二月十五为花朝节。

②省识：认识。郁达夫《毁家诗纪》七：“省识三郎肠断意，马嵬风雨葬花魁。”

③一生只妒姓林人：《张伯驹词集》（文物出版社2008年版）作“一生只妨姓林人”。《张伯驹集》（上海古籍出版社2014年版）也作“一生只妨姓林人”。但“妨”字疑是“妒”字之误。姓林人，指林

逋（967—1028），北宋著名隐逸诗人。林逋隐居西湖孤山，终身不仕不娶，唯喜植梅养鹤，故有“梅妻鹤子”之称，卒谥和靖先生。其诗句“疏影横斜水清浅，暗香浮动月黄昏”被誉为“千古咏梅绝唱”。

【赏析】

此词美妙处在最后一句“一生只妒姓林人”，由此可见词人爱梅之痴情。

思　远　人[1]

和小山

花落絮飞春事了，千里更为客。空来鸿雁，不捎书信，消息怎寻得。

悲时血向心房滴，泪眼渍[2]如墨。待望到尽头，绿凄红惨，斜阳黯无色。

【注释】

①思远人：词牌名，调见《小山乐府》，因词有“千里念行客”句，取其意以为名。双调，51字，上片5句两仄韵，下片5句三仄韵。

②渍（zì）：浸，沾。

【赏析】

这首词是和韵小山（晏几道）词《思远人》（红叶黄花秋意晚）的。小山词上片是写秋意晚而引起思念远方行客的离愁，下片是写愁极和以泪研磨写信的情形。

张伯驹则是借用“思远人”这一词意，表达了自己“思家乡”的愁苦心情。上片是写暮春时节，本有伤春之情，此时想到自己“千里更为客”之处境，不由得举头望乡，但见鸿雁北飞，却没有自己何时能回到家乡的消息；下片是写自己的愁苦心情，以至于泪水模糊了双眼，看那灿烂的晚霞也黯然无色了。

此词借景感兴生情，极婉转，极激切，味深意厚，将思乡深情达到泪眼看夕阳无色的程度表达得淋漓尽致，情溢词外。

附：晏几道《思远人》

思　远　人

红叶黄花秋意晚，千里念行客。飞云过尽，归鸿无信，何处寄书得？

泪弹不尽当窗滴，就砚旋研墨。渐写到别来，此情深处，红笺为无色。

醉　落　魄[①]

初雪怀远。和草窗[②]

风飘碎叶，长空乱舞琼瑶[③]屑。懒摹快雪时晴帖[④]。万里辽天，西望路途绝。

伊人七夕遥遥别，中秋节过重阳节。相思可与谁能说？不见来书，两月又三月。

【注释】

①醉落魄：词牌名，又名《一斛珠》《怨春风》《章台月》等。双调，57字。仄韵。据说，唐玄宗封珍珠一斛，密赐江妃，妃不受，以诗谢，有“长门自是无梳洗，何必珍珠慰寂寥”之句。玄宗览诗不乐，令乐府以新声度之，名《一斛珠》。曲名由此始。

②和草窗：周密（1232—约1298），南宋词人，字公谨，号草窗。其词风格清雅秀润，与吴文英（梦窗）并称“二窗”。著有《草窗词》，编有《绝妙好词》。张伯驹此词是和其词《醉落魄》（寒浸径叶）之作。

③琼瑶：美玉，这里比喻雪花。

④快雪时晴帖：传为东晋书法家王羲之的书法作品。它是作为一封信札写就的，内容是作者在大雪初晴时以愉快的心情对亲朋友人致以问候，其笔法圆劲古雅，表现出意致的悠闲逸豫。

【赏析】

周密词《醉落魄》（寒浸径叶）小序："洪仲鲁之江西，书以为别。"显然，周词是一首送别词，表达了对朋友离去的不舍之愁情。其词忧伤凄楚，风格清雅深婉。张伯驹显然很喜欢周密此词，便和作一首，表达的却是思乡之情或与情人离别之思。词中主人可能是假设的，并非自指，但隐喻了自己远在东北离家万里的情思。此词最后一句"不见来书，两月又三月"，显然是套用周密"月是旧时月"之句法，语言简明，类似口语，却情深念切，且有活泼悠然之意味。

附：周密《醉落魄》

醉 落 魄

洪仲鲁之江西，书以为别

寒浸径叶。雁风击碎珊瑚屑。砚凉闲试霜晴帖。颂菊骚兰，秋事正奇绝。

故人又作江西别。书楼虚度中秋节。碧阑倚遍愁谁说。愁是新愁，月是旧时月。

鹧　鸪　天

有入关信，牧石预为治“龙沙归客”小印以迓，赋此，喜告诸词侣

五国边城[①]咽暮笳[②]，斜阳西望是吾家。孟婆[③]倒引船儿转，马上春风入琵琶。

金缕怨[④]，玉关赊[⑤]，不须细雨梦龙沙[⑥]。乌头未白人归去，老眼犹明更看花。

【注释】

①五国边城：五国城遗址位于黑龙江省依兰县，宋徽宗赵佶被掳后即死在五国城。

②笳：中国古代北方民族的一种乐器，类似笛子。

③孟婆：见《浣溪沙》（四首）注释⑦。

④金缕怨：指一种歌曲曲调。

⑤赊：远。

⑥龙沙：《后汉书·班超传赞》：“坦步葱、雪，咫尺龙沙。”后

泛指塞外沙漠之地。

【赏析】

1965 年，张伯驹听到有政策可以使自己恢复工作，重回北京的消息，十分高兴，便作了这首词，表达了自己流落关外的命运从此可以改变的喜悦心情。词情欢快活泼。

小秦王[①]（二十一首选五）

题与潘素合画《梦华图》

白　梅

寒风相妒雪相侵，暗里有香无处寻。
唯是月明知此意，玉壶一片照冰心。

迎　春

华清池外小阑干，琐碎金英聚作团。
水气氤氲[②]山意活，冲风冒雪不知寒。

白　莲

解缆行人晚泊船，露筋祠[③]外一林烟。
红蜻蜓弱飞无力，月白风清野水边。

昙　花

光阴原是指头弹，暮落晨开笑蕣[④]颜。

一现犹嫌非解事，凡花蕣草遍人间。

菊

犹存三径[⑤]晚秋花，帘外西风雁过斜。

湖是销金嫌闹热，林家[⑥]不到到陶家[⑦]。

【注释】

①小秦王：唐教坊曲名，即《秦王破阵乐》之小曲，后用为词牌。又名《阳关曲》。单调，4句，28字，平韵。

②氤氲（yīnyūn）：指湿热飘荡的云气、烟云弥漫的样子。也有充满的意思，形容烟或云气浓郁。

③露筋祠：古代江都（今属江苏省扬州市）人民建祠纪念露筋女，赞颂妇女忠贞自守的节操。

④蕣（shùn）：表示短时间开放的花。

⑤三径：意为归隐者的家园或院子里的小路。

⑥林家：指林逋。见《浣溪沙》（省识前身玉女魂）注释③。

⑦陶家：指陶渊明，晋宋之际的思想家、文学家。其诗《饮酒》（其五）有句："采菊东篱下，悠然见南山。"

【赏析】

这组《小秦王》词共二十一首，这里选五首。

其一借咏白梅凌霜傲雪，纵然屡遭风雪摧折，而不改其志的高洁情怀以自况，表明自己在"文革"中虽遭诬陷，仍保持冰清玉洁、表里如一的高尚情操。本词构思精巧，词义深婉。

其二赞美迎春花冒雪迎寒而开以迎春天的精神。语言优美活泼，意趣盎然。

其三赞美白莲，可谓既有诗情，又有画意，宛然一幅优美的图画，词句在朴素与自然的描述中透出独有的情趣与韵味。

其四咏昙花。昙花俗称月下美人，夜深人静时开放，展现出秀美姿色，天亮闭合，故有“昙花一现”之说。虽如此，也是凡花野草所不可相比的。

其五咏菊，用“林家不到到陶家”隐指菊花，耐人寻味。

小　秦　王

灞桥

一曲骊歌[①]可奈何，剧怜折尽柳婆娑[②]。

灞陵桥[③]上离人泪，知比金茎露[④]更多。

【注释】

①骊歌：见《浣溪沙》（四首）注释⑥。

②折尽柳婆娑：折柳，故人离别时有折柳枝相赠之风俗。

③灞陵桥：这里指灞桥，位于西安市城东。

④金茎露：承露盘中的露，传说将此露和玉屑服之，可得仙道。唐李商隐《汉宫词》："侍臣最有相如渴，不赐金茎露一杯。"冯浩笺注引《三辅黄图》："建章宫有神明台，武帝造，祭仙人处。上有承露台，有铜仙人舒掌捧铜盘玉杯，以承云表之露，和玉屑服之。"

【赏析】

这是一首即景抒情词，感慨朋友惜别流泪的真情。

鹧　鸪　天

立冬，前词意有未尽，再赋此阕

落叶声停夜打门，残秋虽恋已无痕。酒波香促新年梦，炉火温回旧日春。

虫入蛰，雁归群，北风大地冻黄尘。绨袍[①]赖有冬暄[②]赠，不信一寒是弃人。

【注释】

①绨袍：粗绨做的袍。绨，比绸子粗厚的纺织品。

②冬暄：冬季阳光温暖。

【赏析】

这首词作于1970年，这是张伯驹夫妇从东北回来后生活最为困难的一年。窗外“北风”“黄尘”，冬景惨淡，室内尚有炉火酒温。听着门外簌簌的落叶之声，暮年至此，无限凄凉，但张伯驹仍然没有忘记手中的词笔，流露出旷达、乐观、从容的心态，“不信一寒是弃人”，让人感叹。

渭　城　曲①

今冬相对无梅，见肆间有小盆梅初花，欲买囊空无钱，赋此阕

肆间初见小梅姿，风韵依然似旧时。
画图愿买折枝写，无奈囊空惟剩诗。

【注释】

①渭城曲：词牌名，单调，28字，4句三平韵。

【赏析】

此词作于1970年，仍处“文革”高潮中。词人虽穷困但爱梅之心不减，玉洁冰清的情操不变，欲买梅花，可囊中空空如也。然而词人仍然是幽默的，自嘲肚子里唯剩诗书而已。此词语气自然平易，虽有幽默感，但情意惨伤。

啰唝曲[①]（八首选四）

携两外孙女雁塔看腊梅

其　一

腊残梅始发，南去雁回初。
渭水连汾水，不捎一纸书。

其　二

岁尽临除夕，家家事都忙。
已知新酿酒，色似鹅儿黄。

其　三

两小痴呆女[②]，生来亦爱花。
背人踏积雪，偷折献阿爷。

其　四

坐久心无着，耳清意亦忘。

不知何世界，身与佛俱香。

【注释】

①啰唝曲：唐曲调名，后人或视为词牌。单调，20 字或 28 字，4 句两平韵，极似五言绝句，但自有其格律。

②两小痴呆女：痴呆，不慧、愚蠢。此处用白话即两个傻傻的小女孩，是十分亲昵的称呼。

【赏析】

这是《张伯驹词集》中仅见的八首《啰唝曲》中的四首。《啰唝曲》是晚唐出现的带有小调性质，可以唱的小曲。张伯驹用这个词牌，透露出他那轻俏而童真的惬意。

这几首词写得很美。冬去春来，腊梅始开，已是除夕，此时正是感慨人生如四时，周而复始，新的一年即将开始之际。词人带着两个天真的外孙女踏雪看梅，看得久了，已不知身在何处，仿佛已与茫茫天地融为一体。烦愁全然忘却，心灵已纯然净化，与雁塔所象征的佛的世界融为一体。

鹧鸪天（三首选二）

庚戌除夕[1]长安守岁

其　一

萍梗[2]一家诉聚离，灯前翻觉喜成悲。今朝今夕非长有，明岁明年更不知。

春浩浩，日迟迟，旧花争自上新枝。人生最是随缘好，半醉全醒各任时。

其　二

垂老飘零燕寄椽，岁阑客梦在长安。烛盘泪比金茎露[3]，鼙鼓[4]声疑爆竹天。

熏酒气，幻炉烟，回头直到汉唐年。残宵冥坐人如故，开眼明朝惊改弦。

【注释】

①庚戌除夕：1970 年，农历为庚戌年，但庚戌除夕在 1971 年初。

②萍梗：比喻行踪如浮萍断梗一样，漂泊不定。明陆采《明珠记》：“萍梗泊侯门，暂且度朝昏。”

③金茎露：见《小秦王》（一曲骊歌可奈何）注释④。

④鼙鼓：唐白居易《长恨歌》有句：“渔阳鼙鼓动地来，惊破霓裳羽衣曲。”

【赏析】

此词作于 1971 年初，张伯驹暂住女儿家。此时有一种“垂老飘零”“寄人篱下”的悲情，但词人的生活态度是达观的、随缘的，仍然由烛泪联想到金茎露，由爆竹声联想到安史之乱的渔阳鼙鼓，足见词人心胸的豁达和知识的渊博。最后一句回归主题——辞旧迎新，同时也寄寓着词人对新年的期望。

小秦王（四首）

癸丑[1]清明，同廖同、李大千、周笃文、潘素游大觉寺[2]

其　一

老年人在雾中行，无限光阴让后生。
耳畔喜闻春到了，杏花时节又清明。

其　二

旧雨[3]无多新雨来，看花今又踏青苔。
年年便是春长好，开落能知有几回。

其　三

夹道松阴石径斜，行行直似入云霞。
杏花恰对斜阳看，更着诗人与画家。

其　四

折来羞对杏枝妍，回首衰年梦少年。
只合玉兰花下立，白头相映各成颠。

【注释】

①癸丑：此处指 1973 年。

②同廖同、李大千、周笃文、潘素游大觉寺：廖同、李大千、周笃文均为张伯驹的学生。大觉寺又称西山大觉寺，位于北京市海淀区阳台山麓，始建于辽咸雍四年（1068）。寺院内环境幽雅，南院原有两棵树龄为 300 多年的玉兰王。

③旧雨：指旧友、老友。

【赏析】

清明时节，杏花盛开，春光明媚，词人同友人一起游园赏花，心情格外欢欣、愉悦。词人时年已 76 岁，又患目疾，看花恰似雾中看，不免生出人生易老之慨叹，所以词中有“老年人在雾中行，无限光阴让后生”“年年便是春长好，开落能知有几回”等语，但词人又是乐观的，不因年老而悲伤、失望，故又有“白头相映各成颠”之语。四首词风格一致，语言明快，音韵谐美、婉转，富含哲理，洋溢着词人对大自然的亲切感和愉悦感。

鹧　鸪　天

天津金钢桥花园对海棠

无限妖娆拥紫云，迷离眼外看横陈。虽经烧烛难为夜，不到倾城[1]不是春。

词一叠，酒三巡，这时未醉已销魂。自家镜里知妍丑，遮面羞来对美人[2]。

【注释】

①倾城：全城人尽数出动。倾，用尽的意思。另，倾国倾城指美女。

②美人：指海棠花。

【赏析】

此词描写词人观赏海棠花时的欢快心情。全词节奏轻快，欢悦朗畅，音韵抑扬顿挫、短促有力，适宜表现明快的情调。

瑞鹧鸪[1]（八首）

和周采泉[2]咏柳絮

其　一

成幄丝丝翠满围，辞枝纤影故霏霏。穿梭来去迷莺老，舞剪高低贴燕肥。

风簸漫天团又散，雪飘糁径堕还飞。桃花一样同轻薄，逐水无声气力微。

其　二

依水浓阴满四围，吹棉又似霰霏霏。雨迷烟草黄梅熟，雪压梨花白燕肥。

风力无凭难自主，春心有托向人飞。蝉声未咽莺声老，带到斜阳影更微。

其　三

藏莺笼马已盈围，尘又扑来雨又霏。粉蝶看成风助舞，玉梅疑是雪添肥。

忽天忽地团团转，非泪非花处处飞。衣被苍生无暖意，鸿毛欲比尚轻微。

其　四

泊絮门前乱一围，轻尘细雨共霏霏。玉钩垂箔春情懒，银粉弹弓雪意肥。

似泪还须和泪看，非花也应当花飞。可怜总是随流水，难得升天到碧微。

其　五

覆屋当门碧几围，絮飘看似雪霏霏。梁泥黏土燕栖稳，池水沉来鱼唼肥。

玳瑁筵前身自舞，秋千墙外影同飞。东风一阵吹还少，深院无人小径微。

其　　六

一带笼阴映四围，迷空时起絮霏霏。飘零质易分轻重，琐碎身难论瘦肥。

春雪多疑因冷坠，东风长看向西飞。是花是泪教谁问，因果谈来事亦微。

其　　七

飘尽残英剩绿围，轻尘更浥[3]雨霏霏。随风断梗蓬相逐，入水浮萍实自肥。

愿抱冬心疑雪堕，欲回春意当花飞。小蛮[4]若并朝云[5]在，歌舞传神定入微。

其　　八

旧日书堂罨[6]作围，柔枝袅袅絮霏霏。屐黏鸿爪泥痕重，砚入鹅毛笔体肥。

暑雨初临梅子熟，番风晚共楝花飞。隔帘满院过无影[7]，深闭重门梦入微。

【注释】

①瑞鹧鸪：词牌名，又名《五拍》等。双调，56字，平韵。

②周采泉（1911—1999）：浙江省鄞县（今宁波市鄞州区）人，杭州大学教授，浙江文史研究馆馆员，当代诗词、楹联大家，文史学家。

③浥：湿润。

④小蛮：唐诗人白居易的一个侍妾，白居易有诗句云："樱桃樊素口，杨柳小蛮腰。"

⑤朝云：王朝云，女，钱塘（今属浙江省杭州市）人，自幼沦落歌舞班中，却独具一种清新洁雅的气质。苏东坡被贬为杭州通判后，一日宴饮时看到了轻盈曼舞的王朝云，纳她为妾。

⑥罨（yǎn）：覆盖。

⑦隔帘满院过无影：化用北宋词人张先词句："柳径无人，堕絮飞无影。"

【赏析】

"咏柳絮"写的是暮春残景，流露出一种留恋惋惜而又无可奈何的情绪。这组词写暮春风景生动形象，感情缠绵，语言轻灵活泼。

小秦王（二十首选九）

题萧斋《牵牛花馆图》

其　一

金风玉露始相逢，鸩鹊[①]桥头一水通。
为报人间秋意到，桂前莲后自成丛。

其　二

一年一度有佳期，天上何尝怨别离。
秋海棠花[②]多是泪，可怜思妇断肠时。

其　三

金井西风落碧梧，疏星数点雁来初。
昨夜天凉清雾滴，牵牛花[③]上满珍珠。

其　四

小扇欲捐暑气回，金风一阵自西来。

秋心解识双星意，长向年年七夕开。

其　五

开来七夕有情天，相会银河不计年。
今日若教淮海[4]在，定应重赋鹊桥仙[5]。

其　六

如水天街白露凉，也知秋色胜春光。
银河相望终难渡，空自多情引蔓长。

其　七

乱点秋光散绮霞，凉阴如幕上窗纱。
人生亦是同朝露，笑对檐前叶底花。

其　八

种来不费买花金，点缀秋光自浅深。
风外露中俱耐冷，素娥青女[6]是知音。

其　九

不向东风赏牡丹，小斋秋意自盘桓。
老来学作灌园叟，陶菊林梅一样看。

【注释】

①鸩（zhī）鹊：古书中记载的一种异鸟，松鸦的旧称。

②秋海棠花：秋海棠是一种很有名的花卉，花朵别致，品种多，花朵成簇，四季开放。在此词中，亦代指牵牛花。

③牵牛花：一年生缠绕草本，花酷似喇叭状，因此也称“喇叭花”。花的颜色有蓝色、绯红色、桃红色、紫色等，秋季开花。其花语是爱情永固。

④淮海：秦观（1049—1100），字少游，号淮海居士，北宋婉约派词人。

⑤鹊桥仙：《鹊桥仙》（纤云弄巧）是秦观最有名的一首词，是一首纯情的爱情颂歌，上片写牛郎织女相会，下片写他们的离别。

⑥素娥青女：素娥，即嫦娥。青女，主管霜雪的女神。

【赏析】

张伯驹一生有很多咏花词，咏牵牛花则不多见，但这次他以《小秦王》词牌，一气呵成咏牵牛花二十首，这里从中选出九首。词人借牵牛花象征爱情永固的寓意，写下了意同秦观《鹊桥仙》（纤云弄巧）的咏花词，赞美牵牛花对爱情的向往和执着。

少　年　游[1]

重阳香山看红叶，和君坦[2]

红飘秋叶胜春花，霞绮漫山崖。直上重峰，南云望里，何处是吾家。

纵然佳节无风雨，还是有尘沙。霜气催寒，斜阳送晚，愁对瘦黄华。

【注释】

①少年游：词牌名，又名《小阑干》《玉腊梅枝》等。双调，50字。

②君坦：黄君坦（1901—1986），字孝平，福建闽侯人。精于诗词、书法。1961年被聘为中央文史研究馆馆员。张伯驹友人。

【赏析】

此词作于1974年，时年作者已医好白内障，视力无碍，所以感到“红飘秋叶胜春花”。此词上片情绪振奋，语气流畅爽朗，下片还是有悲秋之感。

临　江　仙

咏故宫太平花[①]

绛雪轩[②]前飘绛雪，雪痕映上窗纱。开来白似玉无瑕。芳名称瑞圣[③]，犹是赵家花[④]。

喜见太平新气象，街头腰鼓喧哗。吾庐也放一株斜。东风非独有，春色满京华。

【注释】

①太平花：山梅花属中的一种，枝叶茂密，花乳白而清香，花5—9朵成总状花序，富丽好看。

②绛雪轩：位于北京故宫御花园的东南处，为一座小型殿宇。

③瑞圣：太平花始植于庭院之中，是在宋仁宗时期，据传宋仁宗赐名“太平瑞圣花”。

④赵家花：因宋朝皇帝姓赵，所以称赵家花，也含有国花的意思。

【赏析】

此词作于1974年，时为邓小平复出后主持工作，国家形势趋于稳定祥和。

上片歌咏太平花的美丽和祥瑞，写得颇为婉约，语言流畅，情绪欢快。

下片看似离开了“太平花”主题，而去写京城的喧闹太平景象，实际上是由太平花的寓意而来，国家恰好也是一片和平景象。最后两句，写春色满城，即满城飞花之意，但语言却颇为豪放、爽快，使全词升华到一个令人豪情满怀的壮观境界。

临 江 仙

游旸台山①，登鹫峰②

旧侣半为宿草，新欢尽是豪英。老年行共少年行。诗笺书彩素，画笔写丹青。

金缕绿杨织就，绮罗红杏裁成。鹫峰豁目一川平。花光回晚照，春色过长城。

【注释】

①旸台山：即阳台山，位于北京市海淀区和门头沟区的分界线上。山上林木茂密，分布着许多名胜古迹。

②鹫峰：位于北京市海淀区。山顶有数棵高大的古松，十分壮观。

【赏析】

这首词一反上片写景、下片抒情的常规，而是上片抒情，下片写景。上片是写老少俊才共游旸（阳）台山。下片写旸（阳）台山春景，结句气魄极大，气象恢弘。全词语言顿挫，有金石之声，犹如引吭高歌。这样豪迈大气的词作，在词人晚年词作中是少见的。

浣溪沙（二首）

其　一

乙卯[①]霜降后一日，独上香山赏红叶

孤鹜残霞[②]共一天，秋光装点旧山川。霜红晚映夕阳妍。

摇落尽随心绪外，飘零半在泪痕边。胭脂坡上几经年。

其　二

和君坦。倒押“年”字韵[③]

绮梦[④]匆匆过少年，醉边不在即吟边。老来何意向秋妍。

转绿回风余晚照，流红逝水付前川。一声长笛雁横天。

【注释】

①乙卯：此处指1975年。

②孤鹜残霞：借用王勃《滕王阁序》中名句“落霞与孤鹜齐飞，秋水共长天一色”之意。

③倒押“年”字韵：指此词上片第一句的韵脚，与上一首词下片最后一句的韵脚“年”字完全相同，而此词最后一句的韵脚，用字又同上一首词第一句的韵脚“天”字完全相同。

④绮（qǐ）梦：指枫叶美丽而短暂的一生。

【赏析】

这是两首写景抒情词，赞叹枫叶的美丽和感慨其残秋飘零的命运，有以枫叶自喻年华流逝的哀伤。词中景色壮丽、寥廓、苍劲，兼有悲凉之气。“一声长笛雁横天”意境深远，浑融阔大，余味无穷。这两首词采用倒押韵的手法，但自然流畅，毫无牵强雕琢痕迹，足见词人词作艺术的娴熟。

台　城　路[1]

和徐邦达[2]，重至金陵

南朝多少伤心事，空余白门[3]烟影。玉体横陈，琼枝转唱，怜吊胭脂宫井[4]。莺啼梦醒，看虎踞龙蟠，问归谁领。金粉风流，瞬惊都付浪淘净。

阑干愁更独凭，忆楼船铁索[5]，全换吴境。握麈谈玄[6]，观鹅泼墨[7]，丝竹红妆姬媵[8]。歌残舞静，又潮去潮来，水流云竞。六代江山，夕阳犹自映。

【注释】

①台城路：词牌名。宋词词牌有1000多个，但用风景名胜做词牌的不多，台城路即是一个。名称出自古台城，古台城故址在今江苏省南京市北极阁南大行宫一带。但“台城路”作为词牌，则是起源于周邦彦的词句：“绿芜凋尽台城路，殊乡又逢秋晚。”《台城路》又

名《齐天乐》《五福降中天》《如此江山》等。双调，102字，上片10句，下片11句。上片第二、五、六、八、十句和下片第三、六、七、九、十一句押仄声韵。

②徐邦达（1911—2012）：字孚尹，号李庵，浙江海宁人，曾任故宫博物院研究员、国家文物鉴定委员会委员。中国艺术史界鉴定学派的一代宗师。张伯驹友人。

③白门：南朝宋都城建康（今南京）宣阳门的俗称，代指南京。

④胭脂宫井：指南朝后主陈叔宝和妃子张丽华事。张丽华头发长七尺，浓墨如漆，光亮照人，又特别聪明灵慧，富有神采，举动娴雅高贵，容色端庄秀丽，深得陈叔宝钟爱。南朝陈祯明三年（589），隋朝派兵攻打陈朝，攻克台城。陈叔宝与张丽华、孔贵嫔躲藏到井里，为隋兵所执。南朝陈亡后，张丽华被隋军斩杀。此井被后人称为辱井，即胭脂井。

⑤楼船铁索：晋武帝曾派王濬率船队伐吴。吴国为了阻止晋军进攻，用铁索横截江面。王濬用火烧断铁索使它沉入江底。

⑥握麈（zhǔ）谈玄：晋人清谈时，常挥动麈尾以为谈助。麈，麈尾，掸尘的一种工具，类似马尾松。谈玄，空谈玄理，谈论宗教义理。

⑦观鹅泼墨：传说东晋大书法家王羲之生性喜鹅，曾见一道士有白鹅，甚可爱，因书《黄庭经》以换之。《王羲之观鹅图》，元代钱选所画，描绘的是王羲之观鹅的情景。

⑧媵（yìng）：陪嫁的人，妾。

【赏析】

这是一首怀古词，是有感于南朝陈后主和东晋王羲之等人的故事而作的。这一时期正是南朝灭亡，隋朝确立，改朝换代之际，作者有感于历史的兴衰变化，而作此词。

上片主要是感叹张丽华由“金粉风流”的贵妃地位一下子跌落到香消玉殒、“玉体横陈”的悲剧命运。

下片则是感慨晋武帝伐吴，长江铁索战事，及晋代清谈、王羲之观鹅等似乎是太平景象的变化无常。

总之，这首词流贯着一种沉思历史和人生的沧桑感、忧患感，更多的是对女性悲剧命运的悲叹及对社会太平景象的欣慰之情。

全词写得沉郁苍凉，笔力不凡。

鹧 鸪 天

题为戈红芓画《寒菊图》

别去重阳又几年，归来何日梦幽燕[①]。黄花红叶千家雨，青嶂白云九点烟。

辞北阙，对南山，孤吟独向海西边。陶然一醉东篱[②]酒，万事如流等逝川。

【注释】

①幽燕：古称河北省北部及辽宁一带。

②东篱：语出陶渊明诗句："采菊东篱下，悠然见南山。"后人多用以代指菊圃。

【赏析】

这是作者看到《寒菊图》而感叹自己身世的词。

上片是说看到别人画的《寒菊图》，画面境界辽阔、苍茫，从而使自己想到曾经工作过的东北，恰又逢重阳，自然会引起人生感叹。

下片是想到陶渊明的菊花诗，感叹人生如梦，自己已经年老，但愿自己的晚年也如陶渊明一样，平安悠然，看淡荣华富贵、金钱名利，因为这一切都会像白云流水一样瞬间即逝的。

临　江　仙

立冬日，董意适邀游黑龙潭看红叶，并访白家疃传说曹雪芹故居

西北重峦叠嶂，东南沃野平川。[1]九城阛阓[2]隐云烟。寒鸦残照影，霜叶晚秋天。

斯地或非或是，其人疑佛疑仙。痴情千古总缠绵。心花生梦笔，脂砚[3]写啼笺。

【注释】

①西北重峦叠嶂，东南沃野平川：传说曹雪芹晚年居北京西郊。北京西部和北部是连绵不断的群山，东南部是一片缓缓向渤海倾斜的平原。

②阛阓（huánhuì）：街市。

③脂砚：脂砚斋，为《红楼梦》最早的评论者的别号，其姓名不详，与曹雪芹关系密切。

【赏析】

这是一首凭吊抒情词。作者与朋友游北京西山，寻访传说是曹雪芹故居的白家疃，抒发了对曹雪芹故居萧条景象的感慨和对曹雪芹的仰慕之情。上片写景气势壮阔，情感悲凉；下片抒情，笔触凝重，感情深沉。全词情景交融，风格悲壮。

瑞　鹧　鸪

挽孤桐①

云霄万里作神游②，晤别缘悭不少留。座上光风忝骥尾③，天南星宿望龙头。

捧觞寿满图犹在，击钵④声沉烛亦休。此去九原应一笑，伫看完璧整金瓯⑤。

【注释】

①孤桐：章士钊（1881—1973），字行严，湖南长沙人，笔名青桐、秋桐，晚年自号孤桐。他是20世纪最杰出也最富争议的风云人物、民主人士、学者、作家、教育家和政治活动家，曾任中央文史研究馆馆长，与毛泽东感情深厚。1973年5月赴香港，同年7月1日去世。

②云霄万里作神游：1973年5月，章士钊为祖国统一大业，不顾92岁高龄，乘飞机去香港，同年7月1日在香港去世。

③忝骥尾：附骥尾，指附着于千里马的尾巴上，可以远行千里，

比喻仰仗别人而成名，后常用为自谦的套语。此处指章士钊聘张伯驹为中央文史研究馆馆员事。

④击钵：指打诗钟，是一种文人雅士活动。钵，在这里指铜盘。

⑤金瓯：金瓯永固杯，金器，是清宫内不多见的皇帝专用饮酒器。金瓯永固的寓意是国家统一、江山永固。

【赏析】

章士钊先生是词人的要好朋友之一。1971 年底，在张伯驹人生命运最为艰难的时刻，是章士钊仗义执言，并经周恩来批准，聘任了张伯驹为中央文史研究馆馆员。所以，作者对章士钊充满了深切的感激之情。词的上片是说，您乘飞机直飞香港也不过是一个多月前的事情，就这样在南方溘然去世，竟没有机会道别。下片是回忆昔日和老友一起庆寿和打诗钟的欢乐场景。如今，老友为着祖国统一大业而奔忙，不幸去世，那么，老友的心愿是不会落空的，且看祖国山河终有统一永固的那一天，以告慰老友的在天之灵。

人 月 圆

癸丑[①]中秋，昼晴夜阴，不见月

轻阴酿雨云遮幕，奁镜[②]半尘凝。无花无酒，更无客到，且早休灯。

何须求缺，人生原是，易缺难盈。不劳相照，心田意境，自有光明。

【注释】

①癸丑：此处指1973年。

②奁（lián）镜：代指月亮。奁，古代盛放梳妆用品的器具。

【赏析】

此词上片写实，中秋之时本该是花好月圆、亲人团聚的时光，却因阴云遮天，中秋无月。同时也写出了因当时政治环境险恶，人人自危，朋友之间也不敢聚会畅谈的寂寞而沉闷的现象。下片由景入情，以哲理写人生，感慨人生“易缺难盈”，多是坎坷困顿。但作者在悲凉的心境中仍不乏对光明的企盼，尤其是心中的道德追求、正气、骨气并不曾因世事的阴暗而丧失。“不劳相照”，一句话表明作者对人生充满自信，不向当时的环境屈服，表现了词人任凭风云变幻，屡遭挫折也无所畏惧的倔强性格。

浣　溪　沙

癸丑重阳独登陶然亭①

老眼迷离不见山，江亭独自倚阑干。霜风凄紧雁南还。

旧雨都随衰苇尽，小塘犹剩败荷残。香魂鹦鹉两无言。

【注释】

①癸丑重阳独登陶然亭：癸丑，此处指1973年。陶然亭，位于北京市南二环陶然桥西北侧。有“都门圣地”之誉，清代名亭，也是中国四大名亭之一。园内楼阁参差，亭台掩映。亭南山麓有玫瑰山，其地原为香冢，有鹦鹉冢、赛金花墓遗址。

【赏析】

重阳已是寒秋时分，词人独自登高远眺，自有一种悲凉空阔之感，更何况霜风凄紧，衰苇、败荷，满目萧瑟，老朋友也都一个个离开了人世，词人悲从中来。看到鹦鹉冢、赛金花墓，凄凉寂然，更增加了词人吊古之感怀。

此词意境清峻、凄美，语言流畅哀怨，寥寥数笔，令人怆然。

小秦王（十六首选八）

甲寅[1]春，预作看花杂咏

其　一

一春多病卧荒斋，相伴迎春旧自栽。
朵朵黄金开琐碎，有情似为送穷来。

室内迎春一盆，元旦前后盛开。

其　二

犹念楚山楚水长，弱花瘦叶已无香。
生来久惯居空谷，却到人间不自芳。

王世襄君自鄂带赠春兰一盆，但一花数叶，已憔悴无香。

其　三

亭子倚云久已无，攀枝余泪眼模糊。
杏花也有红桑劫，不种新株老旧株。

昔游大觉寺，于藏园共筑倚云、北梅两亭，久已倾圮。近岁旸台杏花渐稀，因农人不种新树，旧树日老，遂无当年之盛。

其　四

簇簇锦林映小池，年年联袂一吟诗。
落英满地成茵席，愿作长眠易箦时。

天津故李氏园海棠成林，每岁皆与津词家联吟其下。风来落英满地，如铺锦茵，余愿长眠于此，亦海棠颠也。

其　五

怕黄昏却又黄昏，独对阑干半泪痕。
犹忆旧园人散后，梨花满院月当门。

旧居承泽园多梨花，枝枝带雨，半似啼痕，宴客赏花，客散后，月夜每与相对。

其　六

故庐依旧满春光，已损雕阑倚破墙。
华贵雍容终不改，一身犹御藕荷裳。

余旧居破墙倒斜，瓦砾满地，手植牡丹一株尚存，名“藕荷裳”，开时至四十余朵，正使蓬荜生辉。

其　七

廿四番风不更吹，柳丝成幄絮离枝。
荼靡开了芳春歇，又是棋声落子时。

余居西行沿水半里，有小园，多荼蘼，开时已临初夏，天气和暖，每与人对弈花前。前人诗云“长昼惟消一局棋”“清簟疏帘看弈棋”，皆夏日事。

其　八

一春只为看花忙，人老花飞更断肠。
欲与花容留色相，生花笔倩女河阳②。

入关后，曾与室人潘素合写《梦华图咏》。今老年看花，大非易事，拟倩其遍写《看花杂咏》一册，以识鸿雪。

【注释】

①甲寅：此处指1974年。

②女河阳：指词人妻子潘素。

【赏析】

这组《小秦王》词共十六首，这里选取八首。这些词均为咏花词，咏叹了各种花卉，有些词是描绘花的特色，有些则是抒发词人自己对某种花的情感或爱花的心情。从这些词作中，不难看到词人一生爱花的痴情与纯洁高尚的人品。以下对其一、二、三、五进行重点赏析。

其一：此词咏迎春花。迎春花金黄色，灿烂密集，好像是为词人送来了金钱，帮助主人送穷似的，颇幽默。

其二：兰花大多生于空谷山边，被人称为“空谷幽兰”。兰花是高洁典雅的象征，与梅、竹、菊并称为“四君子”。而今日朋友送来的一盆兰花却显得憔悴，没有了飘逸自若的状态，莫非是不惯于人间的俗气？此词对兰花的欣赏之意藏在并无欢欣言语的夸赞之中，但词人高雅的品位已显言外。

其三：张伯驹年轻时曾与北洋政府教育总长傅增湘先生在北京西山大觉寺外的杏林中，一南一北建造两个亭子，分别叫作“北梅亭”“倚云亭”。几十年过去，张伯驹还常去大觉寺赏杏花，但两亭早已不存，且已不见当年杏花如云之盛况，不免让人心中悲叹。“红桑劫”，意思是说，杏花如同人啊，也有劫难。

其五：张伯驹善用口语，轻快活泼而有不尽之意，读来疏朗明快，具有化俗为雅之功效。此词最后一句，创造了一个迷离静谧的艺术境界，余味无穷。

忆　江　南[1]

买得珠兰[2]一株，咏之

开时好，香气似龙涎[3]。小扇轻摇风细细，疏帘斜卷露团团。如水夜凉天。

【注释】

①忆江南：词牌名，又名《望江南》《梦江南》《江南好》。《望江南》始自朱崖李太尉（德裕）镇浙日，为谢秋娘所撰，本名《谢秋娘》，后改此名。单调，27字，三平韵。中间七言两句，以对偶为宜。第二句亦有添一衬字的。

②珠兰：即金粟兰，因其花型小、颜色黄如粟米、清香似兰而得名，又名“珠兰”“珍珠兰”。枝叶碧绿柔嫩，姿态优雅，适合窗前阳台陈列，馥郁盈室，令人心旷神怡。

③龙涎：龙涎香，是生在抹香鲸肠内的病态分泌物，加热后逐渐变为液体，香气四溢，酷似麝香而更优雅。熏过之物有持久芬芳。

【赏析】

这是一首咏物词，专注于珠兰发出的幽香所产生的效果，没有具体描绘珠兰的形象，而是直接描写词人在幽香环境中高雅、闲逸的心情和环境的优美，从而让人体会到珠兰的可爱。中间两句对偶，风格轻快，形象活泼。这首词显现了张伯驹的小令纯任性灵流露的创作特色。

浪 淘 沙

咏大觉寺杏花、玉兰

宿草逐年深，琴少知音。东风阵阵晚还阴。花也有残人有老，忍更追寻。

霞绮满芳林，遥映青岑[1]。日边红闹托春心。折取一枝和泪看，破帽羞簪。

【注释】

①岑（cén）：小而高的山。

【赏析】

这是一首傍晚时分看杏花有感的词。上、下两片均有写景与抒情，感慨“花也有残人有老”，但仍有爱美与青春向上之心，“破帽羞簪”就流露出这种心情。

小秦王（二首）

其　一

携外孙女游紫竹园①，天半阴，坐湖边，蝉声断续，白莲初开，赋此

耳际蝉声换世声，风来荷气入心清。
浮生半日如千日，应是忘情太上情②。

其　二

和君坦。去西安前，携外孙游紫竹园

沿堤暑雨长蒹葭③，万柳垂阴水一涯。
何处更寻干净土，白莲花里是吾家。

【注释】

①紫竹园：即紫竹院公园，位于北京市西北近郊，海淀区白石桥附近，是一座以水景为主的自然式山水园，园中有大小湖泊3个。

②忘情太上情：太上老君所言的道家哲学“太上忘情”，指圣人

不为情绪所动，不为情感所扰，超然于世。

③蒹葭（jiān jiā）：芦苇。

【赏析】

这两首词写的都是同一景区的景象。垂柳万株，风轻荷绿，远山近水，空无一人，好一处自然风景，自有天然胜韵，词人不觉陶醉其中。两首词词风旷达洒脱，洋溢着佛心禅意，不愧是词人词作中的逸品。

小秦王（四首选三）

甲寅[①]夏至后一日

其　一

小院深深昼日长，绿阴如幕罨[②]南窗。
蝉声催醒午时梦，又向人间送夕阳。

其　二

检点阶花几朵开，薄衫短袴立苍苔。
残阳明灭邻墙外，听盼雷声阵雨来。

其　三

蒲葵挥扇坐中庭，爱看流萤早灭灯。
明日又当愁昼热，一天水碧点繁星。

【注释】

①甲寅：此处指 1974 年。

②罨（yǎn）：覆盖。

【赏析】

这是作者生活中的随感小词。这几首词写得自然流畅，绘景抒情，惟妙惟肖，音韵优美，语言清新自然，不露斧凿痕迹，充分流露出作者热爱生活、顺随自然、善于发现生活乐趣的闲适情趣。

小秦王（八首选五）

甲寅夏至后，花蔬八咏

牵　牛　花[①]

夏至长天乍短时，秋心未露早花知。
金风待送银河信，好盼双星[②]诉别离。

凤　仙　花[③]

捣碎小花密密封，细香犹自带薰风。
琵琶慢拨轻挑处，露出纤纤指甲红。

五　色　梅[④]

野草闲花也号梅，梦疑彩笔脱囊开。
只因不识林和靖[⑤]，难向空山傲雪来。

马　铃　薯

煨芋山中亦当禾，何惭栽种傍花窠。

五陵回忆贵公子，不见双双鸣玉珂。

蘑　菇

黄梅时节雨丝丝，自长朝菌地湿卑。
一例阴生晴又灭，仙山何更来灵芝。

【注释】

①牵牛花：见《小秦王》（二十首选九）注释③。

②双星：指牵牛星和织女星。

③凤仙花：一年生，草本花卉，别名“指甲花”。花色多样，有粉红、大红、紫色、粉紫等。将花瓣或者叶子捣碎，用树叶包在指甲上，能将指甲染上鲜艳的红色，很受女孩子喜爱。

④五色梅：即马缨丹，常绿灌木，全年开花。一丛花序之中常会有多色的变化，所以也称“五色梅”；同时枝叶含有特别的刺激气味，所以也有“臭草”“臭金凤”等别名。

⑤林和靖：即林逋。见《浣溪沙》（省识前身玉女魂）注释③。

【赏析】

张伯驹咏物词甚多，主要是咏花，有梅、兰、杏、桃、海棠、玉兰、牡丹等，也咏蔬菜。这些花蔬，为人们所熟见，似无新鲜之处，更无特别感情，而张伯驹却对其观察入微，体物精细，善于发现它们不易为人所留意的特点，并以赞美的情感吟咏它们，且咏得颇为雅致，生动有趣，可见其词题材之宽泛。

鹊　桥　仙[①]

甲寅[②]七夕在西安。和淮海咏明皇贵妃[③]事

霓裳舞破[④]，钗钿[⑤]誓毁，难比双星共度。
长生殿里泪偏多，也抵得、露华无数。

渔阳惊变[⑥]，马嵬埋玉[⑦]，西幸郎当蜀路。
夜闻阁上雨淋铃，忍更忆、开天朝暮[⑧]。

【注释】

①鹊桥仙：词牌名，又名《金风玉露相逢曲》《广寒秋》等。双调，56字，仄韵。又一体双调，88字，仄韵。

②甲寅：此处指1974年。

③明皇贵妃：明皇，即唐玄宗李隆基（685—762），712年至756年在位。在位后期宠爱杨贵妃，加上政策失误与重用安禄山等，导致了后来长达8年的安史之乱。762年病逝。贵妃，即杨贵妃（719—756），小字玉环，天宝四载（745）被册封为贵妃。

④霓裳舞破：霓裳舞指《霓裳羽衣舞》，象征李、杨之爱。破，

喻其美梦突然被叛乱所惊醒。

⑤钗钿：镶嵌珠宝的妇女首饰。

⑥渔阳惊变：天宝元年（742），改河北道的蓟州为渔阳郡。天宝十四载（755），安禄山起兵范阳。此处不称范阳而举渔阳，是借东汉彭宠据渔阳反汉以喻。

⑦马嵬埋玉：马嵬坡埋葬杨贵妃处。

⑧开天朝暮：开元至天宝年间所出现的盛世。

【赏析】

本词主要表达了对李、杨生死离别悲剧的深切同情以及对他们坚贞专一爱情的歌颂。全词以叙事为主，叙事中显露感情，语句则主要是化用白居易《长恨歌》诗句。

鹊　桥　仙

又和，柬潘素

不求蛛巧[①]，长安鸠拙[②]，何羡神仙同度。百年夫妇百年恩，纵沧海、石填难数。

白头共咏，黛眉重画，柳暗花明有路。两情一命永相怜，从未解、秦朝楚暮[③]。

【注释】

①蛛巧：蛛丝乞巧，属于七夕节乞巧活动的一种风俗，在小盆或小盒中放上蜘蛛，次晨看其结网疏密来定巧拙。

②鸠拙：鸠拙而安。鸠不善营巢，取乌巢居之，虽拙而安处。后用为自称性拙的谦词。

③秦朝楚暮：朝秦暮楚。战国时期秦、楚两国争霸，一些游说之士一会儿助秦，一会儿助楚。后用以比喻人没有原则，做事反复无常。

【赏析】

这是一首写给妻子潘素的爱情词。张伯驹一生中写了很多给妻子潘素的庆生词，表达了对妻子的爱。这首词写于 1974 年，时年作者 77 岁，可谓夫妇已恩爱一生，白头偕老，所以词中有“百年夫妇百年恩”之句。此词用韵，仍是和秦观《鹊桥仙》（纤云弄巧）之韵。

人　月　圆

十六日晴，月圆光满，再赋

团圆但见清辉满，不必在中秋。昨宵又放，明宵渐缺，今夜光浮。

如环时喜，如钩时怨，何日才休。举头相望，故乡千里，又怕低头。

【赏析】

这首词写于 1974 年中秋节次日。词人曾于中秋日说“是日天雨无月”。农历八月十六，月光再现，月也更圆。此词以天气的阴晴无定劝喻人们不必刻意追求在某一时达到目的或实现希望，应该随遇而安，心胸广阔，不要月圆而喜，月缺而悲，如此下去，何日才是忧愁的尽头呢？最后，词又回到“举头望明月，低头思故乡”的意境。此词全是说理，如谈家常，也无典故，但入情入理，语言温润圆融，体现了词人词作的又一风格，即不仅擅长写景抒情，也擅以词说理，别有情味。

卜 算 子[①]

题七二钟声[②]。和梦碧

策杖踏青时，刻烛摇红[③]候。风雨西窗击钵[④]吟，人醉残杯又。

扇底写桃花，席上歌杨柳。[⑤]钟鼓长鸣七二沽[⑥]，迸作潮声吼。

【注释】

①卜算子：词牌名，又名《百尺楼》《眉峰碧》等。双调，44字，仄韵。宋教坊演为《卜算子慢》，89字或93字，仄韵。

②七二钟声：指1972年前后，天津词人寇梦碧、张牧石、陈机峰等人常聚集在一起打诗钟，后将这些诗钟刻印成册，题名为“七二钟声”。

③刻烛摇红：刻烛赋诗，典出《南史·王僧孺传》，反映了南北朝齐永明年间文学创作的繁荣状况。《南史·王僧孺传》载：竟陵王子良尝夜集学士，刻烛为诗，四韵者则刻一寸，以此为率。萧文琰

曰："顿烧一寸烛，而成四韵诗，何难之有?"乃与令楷、江洪等共打铜钵立韵，响灭则诗成，皆可观览。刻烛赋诗指限时成诗，形容诗才敏捷。

④钵：一种用陶瓷或金属制成的类似盆而略小的器皿，用来盛东西或研磨药物。

⑤扇底写桃花，席上歌杨柳：化用宋词人晏几道《鹧鸪天》（彩袖殷勤捧玉钟）词句："舞低杨柳楼心月，歌尽桃花扇影风。"

⑥七二沽：指天津，天津有七十二沽之说。

【赏析】

这首词是描绘自己也曾参与的天津词人打诗钟活动的情况。1972年，正是"文革"时期，文化事业遭到严重摧残，群众文艺活动一片萧条，在这种情况下，天津几个词人就玩起了历史上曾一度很流行的文坛上的活动——打诗钟。改革开放以后，全国文化事业得到恢复并很快繁荣起来。20世纪90年代，李竹深先生把天津词人创作的诗钟汇刻成册，并请张伯驹为该书题写词作，张伯驹便创作了这首词，用了"刻烛赋诗"之典与晏几道词句，非常生动形象地叙述了当年天津词人打诗钟的文雅艺事，可谓情致宛然。全词声韵谐美，追忆往昔逼真而似幻的情景，笔致轻灵，意蕴深厚。

鹧 鸪 天

甲寅除夕

问是无名是有名，身非白玉琢难成。花翁高步登雪气，词少长吟掷地声。

装旧酒，换新瓶，风流一世论生平。春蚕未到丝全尽①，不作飞蛾不了情②。

【注释】

①春蚕未到丝全尽：反用李商隐《无题》诗句“春蚕到死丝方尽，蜡炬成灰泪始干”的意思，自嘲才华已尽。

②不作飞蛾不了情：飞蛾，即飞蛾扑火之意。作者称赞飞蛾执着的牺牲精神，至死方休，嘲讽自己没有飞蛾精神。

【赏析】

这是一首抒情词。1974 年，作者已 77 岁了，回首一生，顿生感慨，对自己一生的词作生涯作了认真的回顾和总结，自谦缺少才华，创作诗词缺少掷地有声的感人力作。同时，作者在《无名词》自序中说：“甲寅年词，即以‘无名’名之。盖为知止而止，此后不再为词，无词即无名矣。使余心如止水，如死灰，尽忘一生之事；于余一身未了将了之前，先入此境界。其可乎！”显然，作者心中涌起了历代文人墨客在失意之时常有的“出世”思想。这年除夕，国家仍然处在“文革”的动荡之中，作者在“文革”中饱受磨难，而此时仍不知灾难何时结束，忧虑国家、人民的痛苦心情溢于言表，而又无可奈何，赤子之心，感人至深。

小秦王（四首选二）

乙卯[1]清明，偕潘素同笃文、李今[2]游大觉寺[3]

其　一

岁岁清明能几回，玉兰开又杏花开。
重寻四十年前梦，惟有松风到耳来。

其　二

余年尚可几逢春，犹望前尘接后尘[4]。
便是徘徊何忍去，无情残照不留人。

【注释】

①乙卯：此处指1975年。

②笃文、李今：笃文，即周笃文，他与李今当年都是张伯驹的学生。

③大觉寺：又称西山大觉寺，位于北京市海淀区阳台山麓，始建于辽咸雍四年（1068）。

④前尘接后尘：前尘指前辈，后尘指后生。

【赏析】

此词作于1975年，时年作者已78岁，赏花游兴不减，且乐观爽快，但也知自己已是夕阳余年，希望寄托在后人身上。“无情残照不留人”，颇可深思，人生规律，无人能免，该有几多感慨。

鹊　桥　仙

和君坦乙卯七夕阅《长生殿》[1]曲本

银河倒泻，金风直下，鸠雀填桥无力。钿钗密誓共长生[2]，已早露、马嵬[3]消息。

铅华净洗，蛾眉淡扫，谁问杨家贵戚。可怜一曲咏霓裳，也竟似、湘灵[4]瑟寂。

【注释】

①《长生殿》：清初剧作家洪昇创作的传奇（戏剧），共二卷，表现了对唐玄宗和杨玉环之间爱情的同情，也反映了当时社会的政治动乱。长生殿在骊山华清宫内。

②钿钗密誓共长生：唐诗人白居易《长恨歌》有句："七月七日长生殿，夜半无人私语时。在天愿作比翼鸟，在地愿为连理枝。"钿钗均为用金翠珠宝等制成的首饰。

③马嵬：杨玉环被赐死处，在今陕西省兴平市西。

④湘灵：传说中的湘水之神，《楚辞·远游》："使湘灵鼓瑟兮，

令海若舞冯夷。”一说为舜帝的妃子娥皇和女英。另有与诗人白居易关系密切的历史人物湘灵。

【赏析】

张伯驹一生作有多首《鹊桥仙》，都是咏叹李杨爱情悲剧的，这是收入《张伯驹词集》的最后一首。

唐玄宗与杨贵妃的爱情悲剧为历代文人所咏叹。唐玄宗早年励精图治，因此有开元盛世；晚年荒淫无道，因此有安史之乱。所以，历代人们对李杨悲剧是怀有复杂情感的。后经白居易《长恨歌》的广泛流传，李杨的爱情悲剧便被逐渐赋予普遍的意义，使历代读者对这一悲剧产生了高度的同情，在一定程度上已脱离了历史的原貌。张伯驹这首词的思想感情与《长恨歌》所蕴含的情感是一致的。

小　秦　王

和牧石。题静宜[①]女史为夏瞿禅[②]画《双溪词意图》

只载轻舟不载愁[③]，愁随流水去悠悠。
春光沉到双溪底，忍忆西风更上楼。

【注释】

①静宜：张牧石夫人。

②夏瞿禅：夏承焘（1900—1986），字瞿禅，浙江温州人。毕生致力于词学研究和教学，是现代词学的开拓者和奠基人之一。张伯驹友人。

③只载轻舟不载愁：宋词人李清照《武陵春》有句："只恐双溪舴艋舟，载不动许多愁。"张伯驹词句即反其意而用之。

【赏析】

此词精致典雅，工巧流丽，传达了一种至美、至情、至纯的意境，语言俏皮灵动，笔墨简洁流畅，将唐宋小令轻快活泼的风格尽显无遗，这也是张伯驹词风的突出特色。更有深意的是，词作一反李清照“只恐双溪舴艋舟，载不动许多愁”之词意，显现出张伯驹的乐观天性和智慧。

小秦王（七首选六）

和绍箕咏燕

其　一

已过春芳又夏炎，困人天气雨晴兼。
杏花落尽双飞去，还待归来不下帘。

其　二

掷笔但求万户侯[①]，双栖绮梦负温柔。
翠楼莫上凝妆望[②]，柳色陌头已到秋[③]。

其　三

春光一霎幻非真，野草闲花满地新[④]。
莫更归来寻旧垒[⑤]，乌衣巷里已无人[⑥]。

其　四

身轻无力受风斜，红杏青帘近酒家。

深闭重门明月夜，更看双剪舞梨花。

其　　五

钗䯼双凤比盈盈，掌上身轻若不胜。
姊妹赵家恩宠遍，珠盘照舞到平明。

其　　六

商量软语意离迷，红杏枝头暂一栖。
梦醒江南归去也，送春付与杜鹃啼。

【注释】

①②③：这几句词均化用唐诗人王昌龄《闺怨》：“闺中少妇不知愁，春日凝妆上翠楼。忽见陌头杨柳色，悔教夫婿觅封侯。”

④⑤⑥：这几句均化用唐诗人刘禹锡《乌衣巷》：“朱雀桥边野草花，乌衣巷口夕阳斜。旧时王谢堂前燕，飞入寻常百姓家。”

【赏析】

词人由燕子一题而连咏七首词作，可见其诗思如泉，联想丰富，灵感突发，正如文物鉴定专家史树青所说：“伯驹先生是位大藏家，更是大词人，堪称词坛奇才。不论春日的梅开、鸟啼，夏天蝉鸣、虫叫，秋初白露、红叶，冬季霜冻、雪飘，触景生情，即兴吟唱，既合韵律，又十分切题，令人惊讶叫绝。”以下对其二、四、五进行重点赏析。

其二：这首词很有趣儿，主要是化用王昌龄诗句，非常幽默，语言轻快流畅，看似反其意而用之，“掷笔但求万户侯”，颇具建功立业之心，但最后一句又含有“悔教夫婿觅封侯”之意。

其四：这首词句句都在描绘风景，但景中含情且整首词创造了一个活泼幽微的艺术境界，使人感到一种飘逸空灵之美。

其五：这首词主要咏叹赵飞燕姐妹的故事。赵飞燕（？—前1），名不详，因其舞姿轻盈，如燕飞舞而得名飞燕，后成为汉成帝刘骜的第二任皇后。赵飞燕还有一个妹妹叫赵合德，漂亮妩媚，也被召入宫中，姐妹俱为婕妤，贵倾后宫。但后来成帝突然死亡，飞燕姐妹失宠，先后自杀身亡。词人这里吟咏这一历史故事，其情感既有对飞燕舞姿轻盈的赞美，也流露出对帝王宠幸妃子荒淫生活的讽刺和批判。

浣　溪　沙

象鼻山西有小村，荒凉矮屋掩柴门。旧时居处出传闻。

天外飞霞思血泪，风前落木想神魂。伤心来吊可怜人。

村在象鼻山之西。曹雪芹居处虽出于传闻，而思及雪芹之身世，对景顾影，殊可怜也。

【赏析】

这首词情真意切，有些话是词意双关，既是咏红咏曹，也倾吐出自己的心声，如“天外飞霞思血泪，风前落木想神魂。伤心来吊可怜人”，真是“既痛逝者，行自念也”。因为张伯驹先生也是一个绝假纯真的“真人”，也是公子前身，黄金散尽，把自己费尽毕生心血收藏的文物珍品捐献给国家，却先后被错划成“右派”“现行反革命分子”，被扫地出门，来到“穷边绝塞”，又被下放到农村，真是“落了片白茫茫大地真干净”。因此，面对传说中的曹雪芹故居，能不产生共鸣吗？此词一反含蓄委婉风格，直抒真情，毫不隐晦。

忆王孙[①]

大雪节前夜初雪，晨晴。和君坦

窗灯炉火夜寒浸，初雪成花飘满林。残迹晴时无处寻。湿庭心，屐齿泥黏人少临。

【注释】

①忆王孙：词牌名，单调，31 字。另有《怨王孙》者，双调，54 字，与此单调截然不同。

【赏析】

寒冷的雪夜，没有人来叙谈。漫天雪花倒也壮观，但天亮雪消，无迹可寻，岂不像人的一生？回顾一世，空无所获。雪湿了词人的小屋，也冷到了词人的心里。此词情怀伤悲，语言既有豪壮之辞，亦有凄冷小巧之言。

浣　溪　沙①

四面插天斧劈峰，白云红树涧西东。秋容浓艳胜春容。

蓝翠长溪拖匹练，胭脂叠嶂列屏风。人人都在画图中。

【注释】

①浣溪沙：这首词为延边书画家姜鹏猷向作者求字时，作者为姜的画作题的词，时为1961年。《张伯驹词集》未收录此词。从此词开始，以下各词作均未收录于《张伯驹词集》。

【赏析】

这首词实际上是用语言描绘了绘画中的图景。所绘画面极为险峻而豪壮。词作语言轻快、流畅，韵律优美，融情于景色的描绘中，让人顿感情绪欢快。

清　平　乐[①]

题潘素画毛主席词意[②]《长城雪霁图》

长城雪霁，一白分天地。当时却笑秦皇帝，未见银蛇万里[③]。

晴空腾耀朝阳，金瓯更看辉煌。如此江山多丽，素妆装上红妆[④]。

【注释】

①清平乐：唐教坊曲名，后用为词牌。又名《忆萝月》《醉东风》等。双调，46字，上片押仄韵，下片押平韵。此词写作时间不详，《张伯驹词集》未收录。

②毛主席词意：指毛泽东词《沁园春》（北国风光）。

③银蛇万里：毛泽东词有句："山舞银蛇，原驰蜡象。"

④素妆装上红妆：毛泽东词有句："看红装素裹，分外妖娆。"

【赏析】

这是一首题画词，该画是描绘毛泽东词《沁园春》（北国风光）意境的，因此，此词多处化用了毛泽东的词句，如“当时却笑秦皇帝”，化用了毛泽东词中“惜秦皇汉武，略输文采”之句。

此词语言豪壮，赞美了长城内外壮美的风光，情韵欢快流畅。

卜 算 子

戊午[1]暮春初八日，李氏园看海棠正半开，值牧石词家五十晋一寿，可谓花与人并胜。因赋此阕为祝即乞正拍

节到海棠天，有客迎三径。酒浅能教意更深，乐事添清兴。

恰是半开时，向晚风初定。春色无边去又来，人与花同命。

中州张伯驹时年八十又一

【注释】

①戊午：此处指 1978 年。

【赏析】

此词借花咏人，为祝寿词，颇喜庆有趣。全词用语浅显、明快，但品味起来，却别有一番风味。

金 缕 曲

和采泉词家韵[①]

齐着东风力，看盈盈，汉皋环佩[②]，凌波北适。学赋洛神[③]才不敌，欲觅飞鸿无迹。等一样，梅妻丰格。正是月圆花也放，下瑶台，倚傍狂词客。同寒岁，羞浪掷。

氤氲[④]气似飘安息。更依稀，金卮[⑤]泛酒，银灯照席。千里传书青鸟[⑥]使，梦到西湖咫尺。但闭户，慰人孤癖。室小心清香自妙，玉壶冰，中可藏魂魄。仙姑射，尘世谪[⑦]。

【注释】

①和采泉词家韵：1976年，北京花肆无水仙可买，周采泉自杭州寄京两头。1977年元旦水仙开放，一茎十朵，而采泉词亦到，欣喜之余，张伯驹作此词以和周采泉。

②汉皋环佩：汉皋，在今湖北省襄阳市襄州区西北。佩，即身上的佩玉。有成语“汉皋解珮”，张衡《南都赋》：“游女弄珠于汉皋之曲。”后以此典表现男女相互爱慕之意。在这里形容水仙的美丽。

③洛神：又名宓妃，古代神话传说中的女神。

④氤氲（yīnyūn）：见《小秦王》（二十一首选五）注释②。

⑤卮（zhī）：古代盛酒的器皿。

⑥青鸟：传说中为西王母传信的神鸟。

⑦谪（zhé）：罚的意思，也指神仙受罚，降到人间。

【赏析】

张伯驹生性爱花，水仙是其最爱之一。水仙花独具天然丽质，芬芳清新，素洁幽雅，超凡脱俗，与梅花、茶花、迎春花并称为“雪中四友”。友人周采泉寄他一盆水仙并附词一首，引起他击节赞赏并和词一首。

此词上片是咏水仙花超凡脱俗的品格，称赞她寒冬腊月即展芳吐翠，春意盎然，祥瑞温馨，如同瑶台下凡仙子，带给人们欢乐和喜庆。

下片前段仍然是写水仙花氤氲芬芳，在客厅营造出一种恬静舒适的气氛，接着是感谢友人的花和词作，使自己在孤独中感受到朋友之情，“千里传书青鸟使”“室小心清香自妙”都是词人心情和感谢送花人情意的流露。

附：周采泉《金缕曲》

金　缕　曲

咏水仙

不藉吹嘘力。产寒门，不因人暖，箪瓢闲适。未与污泥同沆瀣，便是平生行迹。白莲花，尚亏高格。抱得霜根无浪蕊，笑繁枝、妖冶招狂客，旋开谢，轻抛掷。

凭君报我春消息。小苞开，金盘玉盏，光生几席。若问丰神谁得似，直是冰壶玉尺。取泉石，与君同癖。总觉一身书卷气，俏无言，对此凝心魄。香案吏，华鬘谪。

蝶　恋　花

柬胡蘋秋[①]词家

笔挟江河杯酌斗，不栉才人，吐唾珠玑口。寂寞词林千载后，当年漱玉[②]而今又。

半世春游成一叟，却对梅花[③]，输与东风首。愿结岁寒图里友，扬镳分作雌雄手[④]。

【注释】

①胡蘋秋（1907—1983）：原名邵，别署云娘，安徽合肥人。早年任职于张学良东北军，任少将秘书处长。曾随何柱国将军密访延安。1949年投诚加入解放军，20世纪60年代曾任山西省晋剧院编导。

②漱玉：代指李清照。李清照为宋代女词人，后人有《漱玉词》辑本。

③梅花：代指女性。其时张伯驹以“蘋秋”之名误将胡蘋秋认作女性。

④扬镳（biāo）分作雌雄手：扬镳，分道扬镳，比喻各奔前程。此处指词人和胡蘋秋身处两地，却可以作为词友交流词作。

【赏析】

胡蘋秋也是一个优秀的词人，特别是他以女性的口吻和心思写词，引起词坛关注和称赞。张伯驹当时并不知其是男性，所以夸奖他是“当年漱玉而今又”。

本词作于1962年，是张伯驹于胡蘋秋酬答词中的一首。张伯驹对胡的词才极为欣赏，并愿与其结为词友。

贺新郎[1]

统一、吴彬[2]贤伉俪结婚嘉礼

金石红楼[3]影。伏麒麟[4]、双星白首，因缘前定。天上彩鸾吹箫侣，缔结人间两姓。更共赋、玉台新咏[5]。西阁画眉[6]当时事，尽风流、相对芙蓉镜。看举案[7]，如宾敬。

小楼十月梅花岭。送春来、鹅黄转绿，良辰美景。画烛洞房团圆夜，佳节须酬酩酊。好领略、日长情永。我已江郎才华尽，但挥毫、愿贺贤梁孟[8]。树连理，鸟同命。[9]

张伯驹时年八十又三

【注释】

①贺新郎：词牌名，又名《金缕曲》《乳燕飞》等。见《金缕

曲》(风雨关山黑) 注释①。

②统一、吴彬：冯统一（1949— ），北京人，学者，与吴彬合编有《唐宋词选注》。张伯驹学生。吴彬为冯统一夫人。

③金石红楼：祝贺新婚之语。金石用以比喻心志的坚定、忠贞。

④麒麟：中国人最企望出现的吉祥动物之一，民间有麒麟送子说，代表一代人的幸福。

⑤玉台新咏：《玉台新咏》是一部选录汉朝至梁朝诗歌的总集，主要收入男女闺情之作。在这里含有“爱情故事”之意。

⑥西阁画眉：中国传统贺婚联有“西阁画眉张京兆；东床坦腹王右军”，也是祝愿夫妇相敬如宾之常用语。

⑦举案：举案齐眉。

⑧梁孟：即梁鸿与孟光举案齐眉的故事，意寓夫妇恩爱。

⑨树连理，鸟同命：化用白居易《长恨歌》诗句“在天愿作比翼鸟，在地愿为连理枝”。

【赏析】

此词作于1980年。冯统一是周笃文向张伯驹推荐的学生。此后，冯统一和周笃文于20世纪70年代初便追随张伯驹学习词作和中国古代文化，直到张伯驹辞世。张伯驹和他们结下了深厚的师生情义。此词便是1980年冯统一结婚时，张伯驹送给他们的新婚贺词。

一般来说，祝贺新婚吉祥之语都较为简短，或采用对联形式，而采用词作形式且用《贺新郎》这样100多字的词牌，则不多见，没有一定的才华是不易作的。而张伯驹做到了，既不失老师身份，又充满平等的朋友情义，且引用了中国历史文化中诸多有关爱情的典故，巧妙地连贯起来，化为一首优美完整的贺婚词，充分展示了作者的词作功力。

浣　溪　沙

玉镜高悬照大千，今宵始见一年圆。银花火树夜喧阗[①]。

隔海河山同皎洁，阋[②]墙兄弟早团圆。升平歌舞咏群仙。

【注释】

①喧阗（tián）：喧闹，声音大而杂。

②阋（xì）：争吵。《国语·周语》中有“兄弟谗阋”句。

【赏析】

这是1981年元宵节，在民革中央、中山书画社联合举办的集会上，作者与刚从美国回大陆探亲访问的著名画家方君璧女士同席吟诗作画时填的一首词。上片写元宵之夜，祖国大地一片欣欣向荣、繁荣昌盛、火树银花的欢腾景象；下片写“海上生明月，天涯共此时”，台湾和大陆同样月光皎洁，却兄弟阋墙，未得团聚，因而作者殷切希望能够早日完成祖国统一大业，兄弟团聚。

全词情感真挚深沉，音韵圆转和谐。

鹧　鸪　天

病居医院至诞辰感赋[①]

以将干支[②]斗指寅[③]，回头应自省吾身。莫辜出处人民义，可负生教父母恩？

儒释道[④]，任天真，聪明正直即为神[⑤]。长希一往升平世，物我同春共万旬。

【注释】

①病居医院至诞辰感赋：1982 年春节期间，张伯驹病重住院，适逢农历正月二十二，是其生日。

②干支：干支纪年法，指天干和地支。

③寅：地支的第三位。

④儒释道：指儒教、佛教、道教。

⑤聪明正直即为神：神为智慧之意，拥有至高无上的智慧。聪明正直，指人优秀的品质，或者说优秀的本性。这个本性，在佛教中叫作佛性，儒家叫作良知，道家叫作道，实际都是指人的优秀品质。

【赏析】

这是张伯驹一生中的最后一首词作。直到他生命之火熄灭前的最后瞬间，他还在吟咏。在这首词中，我们可以看到他对祖国和人民的美好祝愿——物我同春共万旬，同时，我们也看到了词人那种纯洁高尚的人格精神。“儒释道，任天真，聪明正直即为神”这句话已超越了政治精神和宗教精神，充满了爱的大智慧，体现了人性中光辉的一面。